Jana Buchholz

Als ich wiederkam

Heimatgefühle, Familie, Freunde und
Ostalgie nach 30 Jahren Abwesenheit

www.tredition.de

© 2021 Jana Buchholz

Umschlag & Prolog:	Gabriele Fröhlich
Korrektorat:	Reya Kons
Verlag & Druck:	tredition GmbH
	Halenreie 40-44,
	22359 Hamburg

ISBN
Paperback   978-3-347-24929-5
Hardcover   978-3-347-24930-1
e-Book   978-3-347-24931-8

Weitere Infos: www.als-ich-wiederkam.de

*Manchmal ist
der größte Schritt nach vorn
der Schritt zurück*

Für Jule
zum Geburtstag

Die beschriebenen Ereignisse sind Erinnerungen der Autorin an ihre Kindheit und Jugend in der DDR, ergänzt um fiktive Passagen, die gut zum Kontext oder in die Zeit passen und es dem Leser erleichtern, der Geschichte von Jule zu folgen. Zum Schutz noch lebender Personen, wurden alle Namen verändert.

Jule

Ich sitze in der S-Bahn und die Tränen rollen mir übers Gesicht. Weil ich kein Taschentuch dabei habe, schniefe ich lauthals. Eine junge Frau sitzt mir gegenüber und fängt an, in ihrer Tasche zu kramen. Sie findet ein Papiertaschentuch, reicht es mir und schaut mich dabei mitfühlend an, sagt aber kein Wort. Ich bedanke mich, quäle mir ein Lächeln ab und vergrabe mich gleich wieder in meine Gedanken, die sich nur um eines drehen: um Jule, meine Tochter.

Vor wenigen Augenblicken habe ich sie hinaus geschickt in die Welt, habe ihr gut zugeredet und viel Glück gewünscht. Dann gingen die S-Bahn Türen zu und wir winkten uns ein letztes Mal zum Abschied. Jule mit glänzenden Augen und Vorfreude auf das Abenteuer Leben. Ich mit bangem Herzen und der schier unerträglichen Vorstellung, dass wir uns vielleicht nie wieder sehen würden.

Aber hätte ich sie deshalb zurückhalten oder sie von ihrem Vorhaben abbringen sollen? Das wäre mir wahrscheinlich auch gar nicht gelungen, denn wenn Jule einen Entschluss fasste, dann blieb sie auch dabei. „Du brauchst gar nicht erst zu versuchen, mich davon abzuhalten", sagte sie, während sie mir bei einem Spaziergang eröffnete, dass sie in wenigen Tagen mit ihrem Freund über Ungarn in den Westen fliehen wolle. „Wir haben es uns gut überlegt und die Gelegenheit ist gerade günstig. In Ungarn haben sie den Schießbefehl aufgehoben."

Verdenken kann ich es ihr nicht. Die aktuellen Ereignisse in Leipzig, Prag und Budapest überschlagen sich und niemand weiß, wo das hinführen wird. Jule hatte schon immer „Hummeln im Hintern" und wollte raus in die Welt, deshalb war mir klar, dass ich sie irgendwann loslassen muss. Aber doch nicht so abrupt, so schnell, so überstürzt! „Eine Mutter sollte ihrem Kind nicht nur Milch, sondern auch Honig geben", las ich mal irgendwo. Sie gehen zu lassen und ihr zu vertrauen, das ist wohl der Honig, von dem da die Rede ist. Trotz des Verlustes, der gerade sehr, sehr weh tut, wünsche ich ihr natürlich von ganzem Herzen, dass sie ihre Träume verwirklichen kann. Mein Mädchen, das mit ihren 18 Jahren doch gerade erst dabei war, erwachsen zu werden.

Ich steige am Berliner Hauptbahnhof um in den Zug nach Schwerin. Während der gesamten Rückfahrt nach Hause male ich mir aus, was mich wohl erwartet, wenn die Stasi spätestens in einer Woche spitz kriegt, dass Jule nicht zurückkehren wird von ihrem Urlaub in Ungarn. Mein Puls rast bei dem Gedanken daran, dass ich vielleicht sogar abgeführt und zum Verhör gebracht werden könnte. Aber alles ist besser als dieser unerträgliche Schmerz, der mein Herz fast zum Zerspringen bringt.

…

Da steht sie nun vor mir mit leuchtenden und immer noch neugierigen Augen. Sie wird heute 50 Jahre alt und ich bin so stolz, dass sie meine Tochter ist. Komisch, sie sieht immer noch so aus wie das junge Mädchen, das ich vor 32 Jahren los gelassen habe. Noch heute bewundere ich ihren Mut, sich auf unbekannte Wege zu begeben. Vom Osten in den Westen, von Hamburg nach Madrid, von Madrid nach München, von München nach Berlin und schließlich von Berlin zurück nach Schwerin. Überall habe ich sie besucht und sie hat mir stolz ihr Leben gezeigt, was sie sich in der Zwischenzeit aufgebaut hatte. In Hamburg zogen wir zusammen durchs Nachtleben auf der Reeperbahn, in Madrid schleppte sie mich von einer Flamenco Bar zur nächsten, in München zurzelten wir an Weißwürsten und hoben die ein oder andere Mass im Biergarten und in Berlin tanzten wir, als gäbe es kein Morgen, in Clärchens Ballhaus.

Immer wieder hat sie freiwillig von vorn angefangen, sich dort, wo sie gerade war, eine neue Wohnung, einen Job und Freunde gesucht. Der Grund war immer der gleiche: Sie wollte Neuland entdecken. „Den Mutigen gehört die Welt!", höre ich sie sagen. Und damit hat sie recht, denn es hat sich immer alles zum Guten gewendet für sie, auch wenn der Weg manchmal steinig war, das Gehen schwer fiel und es zwischendurch auch genügend Durststrecken gab. Durch ihre Art, offen auf Menschen zuzugehen, hat sie überall Freunde gefunden, die ihr bis heute die Treue halten. Ich kenne sie alle, entweder aus Jules lebhaften Erzählungen oder persönlich.

Ich bin erstaunt, wie sie es schafft, all die Freundschaften zu pflegen und den Kontakt nicht abreißen zu lassen, selbst wenn viele Kilometer dazwischen liegen. „Freunde bleiben, wenn du Glück hast, dein Leben lang", sagt sie immer „dafür lohnt es sich, dranzubleiben." Ich finde auch, dass es ein Geschenk ist, wenn man Freud und Leid mit Freunden teilen kann. Sich mit Gleichgesinnten auszutauschen, gemeinsam zu lachen, zu weinen oder auch mal zu streiten, das ist wunderbar und es freut mich sehr, dass Jule dieses Geschenk zu schätzen weiß.

Ihren heutigen runden Geburtstag wollte sie mit uns und ihren Freunden feiern und ich hatte mich schon sehr darauf gefreut, sie alle mal wiederzusehen. Doch die weltweite Corona Pandemie lässt nur eine kleine Familienfeier zu. Fast so wie früher, als die Welt für uns noch sehr begrenzt war durch den eisernen Vorhang.

Wenn ich sie so sehe, frage ich mich, was wohl aus Jule geworden wäre, wenn ich sie zurück gehalten hätte. Damals im September 1989.

Für jede Situation im Leben gibt es ein Lied.

Jedem Kapitel in diesem Buch
ist ein Lied aus meiner Vergangenheit
gewidmet, das mich inspirierte, Geschichten
meines Lebens in der DDR noch einmal
in die Gegenwart zu holen.

Inhalt

Besser geht's nicht

Wie fühlt es sich an, wieder hier zu sein, frage ich mich, während der Himmel über mir weit und blau ist. Die lachenden Möwen geben mir das Gefühl, ich bin am Meer und alle Viertelstunde ertönt ein Glockenschlag von einer der drei Kirchen in Schwerin. Der Sommer 2018 zeigt sich von seiner besten Seite, ich liege in der Hängematte auf meinem Balkon im vierten Stock ohne Fahrstuhl, dafür aber mit einem fantastischen Ausblick und muss an eine Textzeile der Band *2raumwohnung* denken: „Der Himmel wird weit, alle Träume sind geträumt und wahr, das ist die Magie zwischen uns, die kam und blieb. Besser geht's nicht, schau nur hin, das ist Leben, wir sind drin."

Ja, das ist Leben!

Ein anderes vielleicht, als das in Berlin, wo ich nach acht Jahren Faszination für die Stadt keine Luft mehr bekam. Schon länger fragte ich mich, was mich noch hält in dieser wuseligen Großstadt, wo mir Radfahren keinen Spaß mehr machte, weil es zu bestimmten Zeiten alle tun und ich jedes Mal höllisch aufpassen musste, wenn ich nicht in einen Unfall verwickelt werden wollte. Entweder provoziert von einem unaufmerksamen Auto- oder einem lebensmüden Radfahrer, für den rote Ampeln scheinbar zum ultimativen Nervenkitzel gehören.

Ich beobachtete, wie die Menschen immer mehr wurden, die sich am Wochenende durch die Straßen meines

Kiezes drängelten. War ich selbst mittendrin, konnte ich ihre Gespräche mit anhören, weil der Abstand zwischen uns sehr klein und mir persönlich manchmal schon richtig unangenehm war. Der Prenzlauer Berg, ein Stadtteil im Osten von Berlin, war auch schon sehr beliebt, als ich 2010 aus München dort hin zog. Seitdem sind noch mehr Eigentumswohnungen und Town Houses entstanden, Baulücken oder Grünflächen sieht man kaum noch und die Parks werden immer weniger oder kleiner. Bei schönem Wetter sind sie ebenfalls voller Menschen, die sich nach einem Fleckchen Grün in der Stadt sehnen. Der Mauerpark, bekannt für den sonntäglichen Flohmarkt und Karaoke, ist mittlerweile mit Baugerüsten eingezäunt und man kann nur hoffen, dass er, selbst mit den Eigentumswohnungen drum herum, der Öffentlichkeit als Kult-Park erhalten bleibt.

Gentrifizierung nennt man das Plattmachen der letzten grünen Oase, die Sanierung des letzten herunter gekommenen Hauses oder das Beseitigen von Bauruinen und „Schandflecken", um Luxuswohnungen, Büros oder Shoppingmeilen zu bauen. Ein Wort, das ich gar nicht kannte. Berlin ist arm aber durch die vielen Bemühungen, reich zu werden oder besser gesagt attraktiv für zahlungskräftige Investoren, Unternehmen, Mieter und Touristen leider nicht mehr sexy - jedenfalls nicht mehr für mich. Die Entwicklung, die ich vor Jahren vielleicht sogar selbst begünstigte, in dem ich eine für mich, im Verhältnis zu München, günstige Wohnung im sanierten Altbau mietete, gefiel mir nicht mehr und ich empfand vieles als übertrieben und im Ungleichgewicht. So muss es den Alt-Berlinern schon Jahre zuvor gegangen sein, als Berlin anfing, sich zu der Großstadt zu entwickeln, die mit New York, London, Paris oder San Francisco mithalten kann.

Über eine Rückkehr in die alte Heimat hatte ich lange nachgedacht, Bedenken gehabt und alles wieder verworfen. Es ist wirklich nicht leicht zurückzugehen. Alles Angeschaffte aufzugeben, sich auf das Wesentliche zu besinnen und liebgewonnene Menschen zurückzulassen, darin hatte ich Erfahrung. Es gab schon viele Abschiede in meinem Leben, aber danach ging es immer nach vorn: in den Westen, nach Hamburg, nach Madrid, nach München, nach Berlin - nie zurück!

„Teste es doch erst einmal", sagte meine Mutter, „vielleicht gefällt es Dir hier gar nicht oder du kommst mit den Leuten nicht klar. Außerdem gibt es kaum Jobs und wenn Du einen findest, dann verdienst Du nicht ansatzweise das, was Du in Berlin verdienst." Testen fand ich gut, obwohl dieses „Auf-Nummer-Sicher-gehen" gar nicht zu mir passt, denn wenn ich mich einmal entschieden habe, dann wende ich normalerweise all meine Energie für die Umsetzung ohne Zögern auf. Umsetzungsstark nennt meine Freundin Tina das, und findet, dass es eine meiner besten Eigenschaften ist.

Dieses Mal war es aber irgendwie anders. Zu wissen, dass ich noch einen Koffer in Berlin habe oder besser gesagt, eine Wohnung und viele, liebe Freunde, gab mir die Sicherheit, die ich brauchte, um diesen Schritt zurück zu wagen.

Erst einmal für ein halbes Jahr „aus familiären Gründen" sagte ich meiner Hausverwaltung, die meine Ehrlichkeit mit 1 € pro Quadratmeter Mehr-Miete für den noch zu findenden Untermieter bestrafte und mir außerdem mitteilte, dass ich kündigen müsse, wenn es länger dauert als sechs Monate. „Wer nimmt denn eine möblierte Wohnung für 1.300 € zur Untermiete auf Zeit?", fragte ich mich und meine Freunde. Letztere rieten mir, ganz locker zu bleiben, denn das wäre ein ganz normaler Preis für Berlins beliebtesten Kiez Prenzlauer Berg. Und dann fügten sie hinzu: „Nicht, dass wir uns nicht freuen würden, wenn Du wieder kommst, aber sag bitte unbedingt rechtzeitig Bescheid, falls nicht."

Nach so einem Gespräch ging ich wieder durch meine wunderschöne, großzügige 3-Raum-Wohnung mit zwei Balkonen, Dielenboden und Stuck an den hohen Decken und zweifelte. Dies war die beste Wohnung, die ich jemals hatte. Auch die Miete war für Prenzlauer-Berg-Verhältnisse ganz in Ordnung, obwohl mir natürlich meine Familie einen Vogel zeigte und mich für verrückt erklärte, dass ich bereit war, so viel Geld nur für Miete auszugeben. Aber ich wollte eben unbedingt in diesem Kiez wohnen. Da, wo meine Freunde sind, so dass man sich wie früher, ganz spontan besuchen kann. Das ist ansonsten in Berlin kaum möglich, denn man ist immer mindestens 30 - 45 Minuten mit den Öffentlichen unterwegs, um von einem zum anderen Stadtteil zu kommen.

Die Freunde in der Nähe zu haben, das ist schon toll in einer, ansonsten doch sehr anonymen, Großstadt. Dadurch bekommt das Leben etwas Familiäres, etwas

Heimeliges. Es erinnert mich an die Zeit, als es noch Gang und Gäbe war, unverhofft bei Freunden und Schulkameraden an der Tür zu klingeln und wenn jemand da war, hoch zu rufen: „Ey, kommst du runter spielen?" Dann blieben wir draußen, bis es dunkel wurde und vertrieben uns die Zeit mit Rollschuhlaufen, Klingelstreichen oder anderem sinnlosen Blödsinn.

Mit Lotti und Tina, meinen beiden besten Freundinnen in Berlin habe ich zwar keine Klingelstreiche mehr gemacht aber wir verbrachten so einige spontane Sommer- und Winterabende miteinander. Entweder in einer der vielen Kneipen und Restaurants, einen Hugo - der bei uns Horst[1] heißt - trinkend, der Straßenmusik lauschend, den Sommer und den Buzz der Stadt einatmend und fasziniert feststellend, wie gut es uns geht. Oder bei einer von uns zu Hause – unsere Lieblingsmusik hörend, zusammen kochend und die Erlebnisse der letzten Tage und Wochen miteinander teilend. Insbesondere die beiden machten es mir sehr schwer, etwas an meiner Lebenssituation in Berlin zu verändern, denn sie würden mir in jedem Fall sehr fehlen. Tina kenne ich seit dreizehn, Lotti seit neun Jahren. Beide sind mir als Gesprächspartner, Seelentröster, Anker, Ausgleich, Antrieb und Bremse, Inspiration, Mitfühlende, Ratgeber und Zuhörer sehr wichtig geworden und es hat rückblickend doch recht lange gedauert, bis wir uns so nah waren, dass wir uns vertrauen konnten. Die eine der anderen und wir uns dreien.

---

[1] Eine Freundin bestellte in der Bar Tausend voller Überzeugung statt einen Hugo einen Horst. Das fanden wir so lustig, dass wir diese Namensänderung sofort übernahmen.

Tina, aufgewachsen in Hamburg, lernte ich bei einem Bratapfelessen in München kennen, zu dem mich eine gemeinsame Bekannte mitschleppte. Tina war die Gastgeberin. Ich fand nicht nur ihre Idee, zum Bratapfelessen einzuladen gut, sondern auch ihre Wohnung in der Max Vorstadt und vor allem die anderen, allesamt interessanten, Gäste. Nach diesem ersten Kennenlernen verging ein halbes Jahr, bis wir uns auf dem Waldfest am Tegernsee (beide im Dirndl) wiedersahen aber es musste noch ein weiteres halbes Jahr vergehen, bis wir uns intensiver kennenlernten. An einer Bushaltestelle in der Schellingstraße warteten wir gemeinsam auf den Nachtbus und hatten Zeit für eine Unterhaltung. Wir stellten recht schnell fest, dass die Art, wie wir aufgewachsen sind und die Werte, die wir von unseren „verrückten" Eltern mitgegeben bekamen, sehr ähnlich waren. Und das, obwohl sie im Westen und ich im Osten aufgewachsen war. Ich weiß noch genau, wie ich ihrer Geschichte interessiert lauschte. Als sie dann noch von ihrer Patchwork Familie in Hamburg, Frankfurt, Portugal, Florida und der Schweiz erzählte, von ihrer Zeit als Jugendliche im Silicon Valley und ihrem Job in New York, kurz bevor sie nach München kam, war ich wirklich angetan von dieser, durch ihr äußeres Erscheinungsbild doch eher unscheinbar wirkenden, Persönlichkeit.

Jedes Mal, wenn wir uns wieder trafen, holte sie neue, spannende Geschichten aus ihrem Leben hervor und ich wurde immer neugieriger. So näherten wir uns nach und nach an, bis wir echte Freunde wurden.

„Das Schönste an München ist die Umgebung", sagte sie immer und motivierte mich, mit ihr raus zu fahren. Mein Firmenwagen mit Tankkarte, den ich auch für Privatzwecke nutzen durfte, brachte uns überall hin und so füllten wir die freie Zeit am Wochenende mit Skifahren in Mayrhofen, Wellness am Ammersee, Shoppen im Ingolstadt Village, Wandern am Tegernsee, Kultur in Salzburg, Kochkurs am Chiemsee oder Segeln auf dem Starnberger See. Die Umgebung von München aber auch München selbst hatte viel zu bieten und mit einer Freundin wie Tina, die vielseitig interessiert ist und immer tolle Vorschläge machte, konnten wir das umfangreiche Angebot richtig gut ausnutzen. „Das Schönste an München ist der blaue Himmel", würde ich sagen, denn nach Madrid war München für mich gefühlt die Stadt mit den meisten Sonnentagen, egal zu welcher Jahreszeit. Und wenn ich nicht gerade mit dem Auto unterwegs war, dann verbrachte ich sie gern im Englischen Garten um die Ecke oder an der Isar. Den Himmel, den Englischen Garten und die Isar vermisste ich in Berlin schon sehr, aber noch mehr vermisste ich meine liebgewonnene Freundin, die in Berlin studiert hatte und mich jedes Mal am Telefon ausfragte, ob es das oder das noch gäbe oder ich schon dort oder dort war.

„Warum kommst du nicht einfach wieder her?", fragte ich sie nach einem gemeinsamen Wochenende in Berlin, an dem sie mal wieder mir und nicht, wie es sich für einen Gastgeber gehört, ich ihr die Stadt zeigte. Das war zwar nicht der einzige Grund dafür, dass sie München kurze Zeit später ebenfalls den Rücken kehrte, aber schön war es schon, wieder so nah beieinander zu sein und nun Berlin gemeinsam zu entdecken.

Lotti kommt aus Thüringen. Wir begegneten uns zum ersten Mal in Italien auf einer Hochzeit und waren uns auf Anhieb sympathisch. Ich war vom ersten Moment an verzaubert von ihrer Ausstrahlung, ihrem Lachen und vor allem von ihrer Weiblichkeit, die sie voller Stolz präsentierte. Ihre Rundungen, die Art, wie sie auf Menschen zugeht und dazu ihre blonde Lockenpracht vermittelten etwas Warmes und Vertrautes. Alle angereisten Gäste des Brautpaares waren in einer großen Villa untergebracht und konnten sich so am Abend vor der Hochzeit besser kennenlernen. Wir unterhielten uns den ganzen Abend, bis sie irgendwann sagte: „Jule, Du musst nach Berlin!" Und auch wenn ich da noch nicht so recht verstand, was sie mir damit sagen wollte, ging mir der Gedanke nicht mehr aus dem Kopf. Wie der Zufall es wollte, klappte es mit einem Job in Berlin und so folgte ich ein Jahr später, bewusst oder unbewusst, ihrer Aufforderung. Wir trafen uns zufällig wieder, als ich auf Wohnungssuche im Prenzlauer Berg war. Vor dem Schaufenster eines Designers hatte sie ein Schmuckstück entdeckt, als ich aus der Haustür nebenan kam. Obwohl wir uns erst ein Mal begegnet waren, erkannten wir uns sofort wieder, fielen uns in die Arme und freuten uns über das unverhoffte Wiedersehen. Vielleicht war sie mein Glücksbringer an dem Tag, denn ich bekam den Zuschlag für die Wohnung und konnte somit wenige Wochen später meinen Lebensmittelpunkt nach Berlin verlagern.

Ich weiß es noch genau: Der Sommer war viele Wochen ununterbrochen heiß und so, wie man es sich wünscht, so dass ich jeden Tag mit dem Fahrrad zur Arbeit nach Mitte fahren konnte. Ich fühlte mich wie frisch verliebt, mit Schmetterlingen im Bauch, und konnte mich nicht satt sehen an dieser großen, pulsierenden, aufregenden Stadt. Die Menschen so anders und bunt, schroff und unfreundlich aber ehrlich. Die Häuser mal schön, mal hässlich und meist mit Graffiti besprüht. Manche Straßen aus Kopfsteinpflaster und unsanierte Häuser im Prenzlauer Berg aber vor allem die übrig gebliebenen DDR-Straßenlaternen mit ihrem schummrigen Licht und die alten Zäune erinnerten mich an die Zeit vor der Wende, die schon mehr als 20 Jahre her war. Hier war vieles noch so, wie ich es aus dem Osten kannte.

Die Luft roch nach Sommer, Nostalgie und Vergangenheit, Freiheit und Abenteuer. Was mir am besten gefiel: jeder noch so paradoxe Lebensentwurf scheint in Berlin willkommen zu sein. Es gibt Menschen, die kleiden sich wie in den 20er, 50er, 70er, 80er Jahren und niemand findet das komisch. Die Klamotten, meist noch echte Originale, findet man auf den zahlreichen Flohmärkten. Mit Stöbern nach ganz bestimmten Dingen aus der Vergangenheit (ich nach Erinnerungsstücken aus der DDR) kann man dort sehr viel Zeit verbringen. Und wenn man irgendwann k.o. ist und keine Lust mehr hat, holt man sich beim fliegenden Händler, der eisgekühltes Bier im geklauten Einkaufswagen feilbietet, ein *Tannenzäpfle*, setzt sich in den Mauerpark und beobachtet die kuriosesten Menschen. Straßenmusiker aus der ganzen Welt spielen ihre Lieder und rocken das Publikum. Man sieht Tänzer, Jongleure und Zauberer – der Mauerpark ist am Sonntag wie eine große Open Air Bühne für Kleinkünstler. Selbst Untalentierte kommen beim Karaoke zum Zug und können sich vor tausenden von Menschen, die in den Rängen des Amphitheaters sitzen, ausprobieren oder blamieren. So oder so bekommen sie tosenden Applaus.

Davon abgesehen ist das Kulturangebot in Berlin etwas ganz Besonderes: geheime, improvisierte Dinner in Abrisshäusern an langen Tischen mit weißen Tischdecken und Kerzen, 20er Jahre Tanzkultur mit Swing, Charleston und Lindy Hop, Wasserwellen, Perlenketten, Pelzen und Zigarettenspitzen bei der *Bohéme Sauvage – Gesellschaft für mondäne Unterhaltung*, Running-, White- und Krimi-Dinner, *Memoiren einer Bedeutungslosen* im *SOHO House*, Burlesque Showtanz, Berliner Weiße, Bockwurst mit *Bautz'ner Senf* und Toastbrot im Garten von *Clärchens Ballhaus*, Tanzrevue im *Friedrichsstadtpalast*, Grill- und Tanzparties auf privaten Dachterrassen, Kleingärten oder Garagen, intime Konzerte von Weltstars oder Musikern aus meinem Kiez, wie *Riders Connection*, die ich im Mauerpark entdeckte. *Berlinale* hautnah, abgefahrene Kunstausstellungen und Vernissagen, aufsehenerregendes Theater an der *Volksbühne*, Tango im *Monbijou Park* u.v.m. München, woher ich kam, war dagegen langweilig und oberspießig.

Acht Jahre später ist diese Euphorie gänzlich erloschen. Was mich damals faszinierte, nervt mich heute nur noch. Die vielen Menschen, die unfreundliche, schnoddrige

Art, der Verkehr und ganz besonders die Berliner Luft. Was damals nach Nostalgie und Abenteuer roch, schnürt mir heute die Kehle zu, lässt meinen Atem flach werden und löst einen regelrechten Fluchtreflex aus.

Die Stadt und ich, wir haben uns im Laufe der Jahre verändert - jede auf ihre Art. Mir wird plötzlich klar, dass Berlin nichts mehr mit mir zu tun hat. Die Situation, in der ich gerade bin, könnte der Auslöser dafür sein. Seit ein paar Monaten bin ich nach 25 Jahren zum ersten Mal arbeitslos und habe viel Zeit. Zeit zum Nachdenken und Fragenstellen: „Was bleibt, wenn der Job plötzlich nicht mehr das Wichtigste ist? Was ist der Sinn meines Lebens? Habe ich versagt, weil ich keine eigene Familie und Kinder habe, obwohl ich genau das immer wollte?" Ich fühle mich immer öfter traurig und einsam, obwohl es in Berlin ein Überangebot an Ablenkung und Menschen in meiner Nähe gibt, die es gut mit mir meinen. Mir wird allmählich klar, dass die jahrelange Suche nach dem richtigen Partner auch eine Suche nach mir selbst war und dass ich mich scheinbar irgendwo verloren habe. Auf dem Weg von einem Ort, einem Projekt, einer Veranstaltung, einer Party oder einem Date zum anderen. Ich spüre, dass ich mich erden muss, um meine innere Balance wiederzufinden.

Es zieht mich zurück zu meinen Wurzeln, zurück in meine Heimat nach Schwerin. Zurück zu meiner Familie, die mich fast 30 Jahre lang nur zu Feiertagen oder an Wochenenden gesehen hatte. Ich will Alltag mit ihnen verbringen und dabei meine alte Stadt neu entdecken.

„Berlin kann jeder, Schwerin muss man wollen" steht auf dem T-Shirt, das ich mir vor kurzem in der Touristeninformation am Schweriner Marktplatz kaufte. Ich will Schwerin, wenn auch erst einmal nur probeweise. Aber dafür musste ich jemanden finden, der bereit war für ein halbes Jahr meine Miete zu übernehmen. Doch niemand, den ich gern und ohne Bedenken in meine Wohnung gelassen hätte, meldete sich auf meine Anzeigen unter *salzundbrot.com*, *wg-gesucht.de* und *ebay-kleinanzeigen.de*. Zwei Wochen passierte so gut wie nichts. Dann ist Pfingsten und ich bei schönstem Wetter mit Nina, ihrem Bulli, Gitarre und Cajon auf dem Darß an der Ostsee. Wir genießen die Sonne, den Wind und die Wellen am Meer, fahren mit dem Fahrrad nach Ahrenshoop, um Fischbrötchen zu essen, machen zusammen Musik und haben viel Spaß beim Glamping mit bunten Solar-Lampions und Lichterketten am Bulli.

Am nächsten Tag ruft Claudia an und sagt: „Ich habe heute Nacht geträumt, dass ich mit William in deine Wohnung ziehe." William ist ihr Freund aus London, mit dem sie in Berlin zusammenziehen will. Ihre eigene Wohnung hat nur zwei Zimmer und ist zu klein für zwei Personen, die ihr Office @Home haben. Sie kommen ein paar Tage später und schauen sich meine Wohnung an, überlegen hin und her, können sich nicht entscheiden und müssen erst noch so einiges klären. Ich mache, was ich immer mache, wenn ich nichts machen kann: Ich fahre für zwei Wochen in den Urlaub nach Sri Lanka und lasse es mir zusammen mit meiner Cousine Manja gut gehen. Wer drei Mal täglich leckeres ayurvedisches

Essen und vier Mal täglich Ölmassagen bekommt, denkt an gar nichts mehr und gibt sich dem Fluss des Lebens hin.

Als ich zurück komme, regelt sich wieder einmal alles von selbst: Claudia und William übernehmen meine Wohnung mit allem Drum und Dran, meine Hausverwaltung ist informiert, meine Kosten gedeckt und mein bis dato lockerer Plan, in die alte Heimat zurückzukehren, nimmt Gestalt an.

In Schwerin will ich den Kreis schließen. Zu abrupt hatte ich mit 18 Jahren die Stadt verlassen und war mit meinem damaligen Freund über Ungarn in den Westen geflohen. Der Grund dafür war eine Mischung aus günstiger Gelegenheit, Abenteuerlust und Freiheitsdrang, denn ich konnte mir eine Zukunft in Schwerin oder überhaupt in der DDR, die im September 1989 mit noch mehr Einschränkungen drohte, was Reisen, Studieren oder Konsumieren betraf, einfach nicht vorstellen. Irgendwie spüre ich jetzt, dass es da Dinge gibt, die jahrelang in Vergessenheit geraten sind und nun noch einmal hervor geholt und angeschaut werden wollen.

Was mir für die Umsetzung meines Planes noch fehlt, ist eine vorübergehende Unterkunft, denn eines will ich ganz sicher nicht: mit fast 48 Jahren wieder bei Mutti einziehen.

Nachdem ich die mir bekannten Internetseiten durchforstet, alte Bekannte gefragt und festgestellt hatte, dass es in Schwerin weder möblierte Wohnungen (außer übberteuerte Ferienwohnungen) noch WG-Zimmer gibt, suche ich nach einer ganz normalen, bezahlbaren Wohnung in der Schweriner Innenstadt, d.h. eigentlich suche nicht ich, sondern meine Mutter und meine alte Schulfreundin Suse. Das Wohnungsprojekt wird zur Teamarbeit: Meine Mutter findet die Anzeige im Schweriner Tageblatt und Suse, mit der ich seit unserer Schulzeit bis heute guten Kontakt halte, besichtigt die 2-Raum-Wohnung im vierten Stock ohne Fahrstuhl aber dafür Balkon und fantastischem Ausblick über die Schelfstadt. Sie macht Fotos mit ihrem Smartphone und sendet sie mir per WhatsApp inkl. Sprachnachricht: „Jule, das ist deine Wohnung! Tue alles, damit du sie bekommst!" Zwei Stunden später habe ich die Zusage vom Vermieter, ohne die Wohnung überhaupt gesehen zu haben. Zehn Tage später fahre ich mit einem Freund von Berlin nach Schwerin, um mir vom Hausmeister die Schlüssel abzuholen und schonmal ein paar Sachen heraufzutragen. „Suse hatte recht", denke ich, als ich in der niedlichen Bude, direkt unterm Dach stehe. „Das ist meine Wohnung!"

Das Abenteuer Schwerin kann beginnen.

Als ich fortging (Karussell)

Darauf habe ich eigentlich gar keine Lust, aber als ich so dabei bin, finde ich es irgendwie auch ganz heilsam: Aussortieren!

Dabei komme ich mir ein bisschen wie Aschenputtel im 21. Jahrhundert vor: „Das nehme ich sofort mit. Das später. Das gar nicht. Das kommt in den Keller. Das zur Kleiderspende. Diese geliehenen Bücher muss ich noch zurückgeben. Wer könnte mit den Gutscheinen, die schon jahrelang bei mir herumliegen, etwas anfangen? Diese DVD muss ich unbedingt noch anschauen, bevor ich sie zurückgebe."

Getrieben von dem Wunsch, alles in einen Sprinter zu bekommen und gleichzeitig die Umzugsleute nicht zu überfordern, die alles in den vierten Stock ohne Fahrstuhl tragen müssen, packe ich erst alles ein, dann alles wieder aus. Ich überlege bei jedem Stück, ob ich es wirklich brauche und wie lange ich es schon nicht mehr angerührt habe.

„Wieviel Zeug sich so ansammelt", wundere ich mich, als ich die fünf Ikea-Tüten in meinem Wohnzimmer stehen sehe, die ich nach dem Aschenputtel-Prinzip aussortiert habe. Dabei machte ich dieses Procedere erst vor zwei Jahren. Ich überlege, wie oft ich eigentlich schon umgezogen bin und komme auf 16 Mal. Wenn ich mir vorstelle, dass manche Leute ihr Leben lang an einem Ort, in einem Haus oder einer Wohnung leben. „Wie viel Zeug sich da wohl in 20, 30, 50 Jahren so ansammelt und wie viel das wohl umgerechnet in Ikea-Tüten ist?", überlege ich so vor mich hin, aber meine Vorstellungskraft reicht dafür nicht aus. Ich bin froh, dass ich mittlerweile geübt darin bin, Dinge auszusortieren oder aufzubewahren, je nach dem.

Mir fällt der Stapel Briefe meiner Mutter und mir in die Hände, die wir uns schrieben, nachdem ich im September ´89 über Ungarn geflohen war. Ich hatte sie irgendwann schon einmal nach Datum sortiert, weil ich vor hatte, ein Buch draus zu machen und es ihr zu schenken. Sie liest so gern in ihren alten Tagebüchern und ich stellte mir schon bildlich vor, wie sie sich freuen würde, ihre und meine Gedanken aus der Zeit des Umbruchs 1989/90 noch einmal zusammenhängend lesen zu können. Doch es kam immer etwas Wichtigeres dazwischen und so blieb es beim Briefe-Stapel.

Ich hole mir eine Tasse Tee, setze mich aufs Sofa und fange an zu lesen. Ich bin gedanklich und gefühlsmäßig sofort wieder in der Zeit kurz vor dem Mauerfall - die aufregendste meines Lebens.

…

Für meinen Freund Andrej und mich ist nach der Flucht über die ungarische Grenze im September 1989, dem kurzen Aufenthalt im Aufnahmelager und unserem Start in Hamburg alles neu. Doch so anders, wie ich es mir vorgestellt hatte, ist es gar nicht. Ich schreibe meiner Mutter zwar, dass alle sehr freundlich und offen sind, selbstbewusster, bunter und ein bisschen verrückter vielleicht - zumindest was die Klamotten betrifft - aber auch, dass es dort wie überall kluge und doofe, sympathische und unsympathische, hilfsbereite und unfreundliche Menschen gibt. Anders ist allerdings, dass wir uns um alles selbst kümmern, alles selbst erfragen müssen. Niemand sagt uns, was wir zu tun oder zu lassen haben, das ist schon komisch und eben total ungewohnt.

Die ersten Tage wohnen wir in einer sogenannten Erstunterkunft. Es ist ein Zimmer im SOS Stundenhotel auf Hamburgs Reeperbahn, direkt neben der Davidwache. Wenn wir morgens um 7:00 Uhr aus dem Haus gehen, um die Ämter abzulaufen, begegnen uns Schnapsleichen, Dreck und Gestank. Wenn wir abends zurück kommen, hoffen wir, dass wir nicht in eine Schießerei oder Messerstecherei verwickelt werden[2]. Das ist schon ein merkwürdiger erster Eindruck vom viel gelobten „Westen", für den sich manch DDR-Bürger einsperren ließ oder sogar sein Leben riskierte.

Um dem „Milieu" zu entkommen, ziehen wir nach einer Woche mit unseren paar Habseligkeiten zu meinem Vater. Er lebt seit fast zwei Jahren mit seiner zweiten Frau und dessen Sohn in Hummelsbüttel, einem Stadtteil von Hamburg. Dort teilen wir uns zu fünft eine 2-Zimmer-Wohnung, schlafen auf dem ausgezogenen Sofa und verbringen die meiste Zeit damit, nach einem Job und einer eigenen kleinen Wohnung zu suchen. Was wir nicht wissen ist, dass wir uns im Hotel hätten abmelden müssen. Die Quittung für dieses Versäumnis bekommen wir sofort, denn vom ersten Arbeitslosengeld, auf das wir

---

[2] So schlimm war es natürlich nicht, aber das war unsere damalige Vorstellung vom Rotlichtmilieu.

dringend warten, bleibt nichts übrig. Die Hotelkosten wurden direkt einbehalten und wir haben das Nachsehen. Ohne das „Überbrückungsgeld" von meinem Vater, hätten wir ganz schön alt ausgesehen.

…

Schwerin, 24. September 1989

Ach meine Kleine,

nun bist du fort – es ist schon sehr, sehr komisch! Wer weiß, wann wir uns einmal wieder gegenüber sitzen können. Heute bin ich richtig froh, dass wir den Tag vor Deiner Abreise noch gemeinsam in Berlin verbrachten. Schade, mein Herz, Du wirst mir sehr fehlen, vor allem unsere Gespräche und auch Deine Freunde! Es war doch immer was los bei uns, die Bude immer voll. Am schönsten aber war es immer, wenn man Euch singen und Gitarre spielen hörte. Auf all das muss ich jetzt verzichten und mache es gerne, wenn ich weiß, dass es Dir gut geht. Hoffentlich war der Schritt, den Ihr gemacht habt, richtig. Jetzt ist es klar, dass Ihr begeistert, ja regelrecht überwältigt seid. Die Wirklichkeit, mit allen Problemen stellt sich aber erst später ein und Ihr habt sicher noch so manch harte Nuss zu knacken. Aber wenn Ihr beide zusammen haltet, werdet Ihr es gemeinsam schon schaffen, davon bin ich überzeugt. Wenn Ihr erst einmal eine eigene Wohnung gefunden habt, dann bist Du völlig abgenabelt von Deinen Eltern und für Dein Leben ganz allein verantwortlich. Ein bisschen früh und plötzlich ist es schon aber so manch einer hat eben erst schwimmen gelernt, wenn er ins kalte Wasser gestoßen wurde. Meine Kleine, nun wird auch für Dich das Leben bald ernst, Du musst wirtschaften lernen und Dich anpassen müssen. Kochen, Waschen, etc.

Vielleicht hätte ich Dich diesbezüglich doch mehr fordern sollen.[3] Aber irgendwann haben wir alle anfangen müssen und haben es auch gepackt. Nur Jule, hier noch ein ganz, ganz wichtiger Rat, den ich Dir ganz dringend geben muss: Hüte Dich vor Schwindlern und Betrügern und sei immer zunächst erst misstrauisch. Fallt nicht auf verlockende Reiseangebote in der Zeitung herein sondern geht dann lieber bei einer staatlichen Reiseagentur auf Nummer Sicher. Jule, besonders Du bist ja immer sehr schnell zu begeistern und ich könnte es nicht ertragen, wenn Dir etwas zustoßen würde. Also, denke an meine Worte und sei vorsichtig!

…

Ich muss darüber schmunzeln, welche Vorstellungen meine Mutter damals hatte: „Eine staatliche Reiseagentur", herrlich. Gerührt von ihren Worten und den gut gemeinten Ratschlägen lese ich weiter.

…

Der Flüchtlingsstrom reißt nicht ab, jedes Mal, wenn ich das sehe, heule ich los wie ein Schlosshund und bin danach so deprimiert und traurig. Wo nur soll das noch hinführen? Hoffentlich gibt es keinen Krieg, auch das ist leider nicht auszuschließen.

Am Freitag war ich vorgeladen[4]. Man wollte von mir die Gründe wissen, warum Du die DDR verlassen hast. Ich sagte, dass Du eigentlich überhaupt keinen Grund hattest: Dir ging

---

[3] Ich wusste bereits mit 13 Jahren, wie man kocht und hatte meine festen Aufgaben im gemeinsamen Haushalt.

[4] Meine Mutter wurde von der Stasi vorgeladen und verbrachte Stunden im Verhör

es gut, du fühltest Dich bei mir zu Hause, warst Best-Lehrling, hattest ein Studium in Aussicht, bist auch hier verreist und Dein Vater konnte nicht wirklich der Grund für Deine Flucht gewesen sein. Du hattest Dich lange nicht gemeldet, am liebsten wäre ich nach Hamburg gefahren, hätte Dich bei den Ohren gepackt und Dich nach Hause geholt. Ich war ganz schön fertig mit den Nerven und heulte jeden Tag. Und immer wieder diese bange Frage: War es richtig? Wie mag es ihr gehen? Werden sie es schaffen? Oder werden sie es vielleicht sogar bereuen? Und was dann? Man sagte mir, dass Ihr dann wieder zurückkommen könntet und straffrei ausgehen würdet. Welche Gründe hast Du denn dort überhaupt angegeben? Wenn Du meinst, dass Dein/Euer Entschluss richtig war und Ihr nicht die Absicht habt, wieder zurückzukommen, dann schreibe mir ruhig die Gründe klipp und klar auf. Sie wollen es unbedingt wissen.

Ach, mein kleines Mädchen, bleib nur so, wie Du bist und lasse Dich nicht verblenden von all der Herrlichkeit, die Dich dort umgibt. Du weißt ja, was sich alles so hinter bunten Fassaden verbergen kann. Bewahre Dir Dein ehrliches, einfaches Herz und schätze Menschen auch weiterhin nach ihren Taten und nicht nur nach ihren schönen Worten ein, denn Du weißt: „Viele reden vortrefflich und handeln schlecht." Vergiss auch nie, woher Du kommst und dass die Menschen, die hier bleiben, aus welchen Gründen auch immer, nicht weniger wert sind. Es ist nicht ihr schlechter Geschmack, der sie nicht so gut aussehen lässt, wie so manch einen Bundesbürger, sondern einfach der Mangel an gegebenen Möglichkeiten. Deshalb sind es trotzdem liebe und ehrliche Menschen. Meiner Meinung nach sind die DDR Bürger meist charakterlich die Besseren.

Sehr schnell macht einen der Überfluss überheblich und blind und sehr schnell vergisst so manch einer, wie es hier aussieht.

Wenn Du von der DDR sprichst, dann sage auch DDR oder Zuhause. Ich finde es überheblich, von „drüben" oder „bei Euch" oder „Eurem Staat" zu sprechen wo es doch vor kurzem noch „hier", „bei uns" oder „unser Staat" hieß. Sucht Euch nette Freunde, die ähnliche Ansichten haben wie Ihr, deren Wertvorstellungen vom Menschen über das Äußerliche hinausgehen. Auch gibt es so viele Möglichkeiten, sich für eine gute Sache einzusetzen. Ich erwarte von Dir für die Zukunft, dass Du auch politisch Deinen Standpunkt weiterhin vertrittst und auch dort all dem Politischen nicht gleichgültig gegenüberstehst[5]. Wie sich alles für die Zukunft entwickeln wird, steht in den Sternen. Vielleicht gibt es ja auch bald keine Grenzen mehr. Die Menschen sollten wirklich lieber Brücken bauen statt Mauern.

Man weiß nicht mehr, was man von all dem halten soll. Am schlimmsten finden hier alle, dass unsere Medien die Sache einfach ignorieren. Man kommt sich echt verhöhnt vor. Aber ich bin sicher, die Bereitschaft der Hiergebliebenen, endlich aufzuwachen und zu kämpfen, wird immer größer. Nur, wohin uns das führen wird, wer weiß.

Es wäre zu schön, könnte ich tatsächlich zur Konfirmation von Sonja[6] nach Hamburg kommen. Ich glaube zwar nicht daran, habe aber trotzdem einen Antrag für den 06.-12.11.1989

---

[5] Diese Worte schrieb meine Mutter, weil wir wussten, dass unsere Briefe von der Stasi abgefangen wurden.

[6] Meine Cousine, Tochter der Schwester meiner Mutter

eingereicht. Das wäre eine Sache! Dann könnten wir uns endlich wieder gegenüber sitzen und uns in Ruhe unterhalten.

Heute ist ein herrliches Sommerwetter! Seit heute bin ich stolzer Besitzer eines Trabbi Kombi[7]. Endlich ein eigenes Auto, das ist schon ein tolles Gefühl. So ist das Geld von Dir[8] wenigstens gut angelegt und ich habe ein Motiv, fleißig zu nähen.

…

Meine Mutter kündigt 1989 aus verschiedenen Gründen nach 20 Dienstjahren ihre Anstellung als Kunstlehrerin und erfüllt sich in der Zeit danach einen Kindheitstraum: „Einmal hinter der Theke an einer alten Registrierkasse stehen!" Dafür jobbt sie für ein paar Stunden in einer Drogerie um die Ecke. Das Geld, was sie da verdient, reicht natürlich nicht für unseren Lebensunterhalt, deshalb näht sie zusätzlich Pullover aus eingefärbten Bettlaken und Unterhosen mit aufgenähten Etiketten von Markenherstellern aus dem Westen. Diese schickt uns meine Tante aus Hamburg mit der Post. Die Schilder trennt sie feinsäuberlich aus Klamotten, die sie auf Flohmärkten ergattert. Meine Mutter verkauft die Pullover dann für mehr als 100 DDR-Mark das Stück. In Warnemünde auf dem Kunstgewerbemarkt reißen ihr die Leute die Dinger aus den Händen, weil sie wie West-Sweatshirts aussehen aber viel besser verarbeitet sind. Nach ein paar Stunden

---

[7] Auf einen Trabbi musste man 18 Jahre warten. Meine Eltern hatten mich angemeldet, als ich geboren wurde, nun hätte ich ihn abholen können aber die Anmeldung verfiel natürlich mit meinem Weggang. Meine Mutter kaufte sich einen Gebrauchtwagen, der auf dem Schwarzmarkt teurer war, als ein Neuwagen.

[8] Für jedes Kind wurde seit der Geburt gespart. Da ich mit dem DDR-Geld im Westen nichts anfangen konnte, hatte ich es abgeholt und meiner Mutter gegeben.

kann sie jedes Mal wieder nach Hause fahren und hat genügend Geld für die nächsten 2-3 Monate verdient. „So macht Arbeiten Spaß!" denkt sie sich auf dem Nachhauseweg und will gleich weitermachen, um im Flow zu bleiben. Doch seid ich nicht mehr da bin, kann sie sich nur schwer aufraffen und setzt sich erst wieder an die Nähmaschine, wenn das Geld aufgebraucht ist.

…

Bevor ich in Hamburg Geld verdienen kann, muss ich einige Behördengänge auf mich nehmen und viel Geduld haben. Es dauert eine Weile, bis ich alle Unterlagen zusammen habe. Schlussendlich wird meine Ausbildung als Wirtschaftskaufmann[9] offiziell anerkannt und einem Abschluss als Industriekauffrau gleichgesetzt. Mein Vater gibt mir den Rat, mich bei allen großen Unternehmen in Hamburg zu bewerben (da wäre ich als 18-Jährige tatsächlich nicht drauf gekommen!) und so schicke ich Initiativbewerbungen an zehn Großkonzerne. Mein gutes Zeugnis beschert mir bei fast allen Unternehmen Vorstellungsgespräche, die ich mal besser und mal schlechter absolviere. Ein Medienhaus ist am Ende interessierter als alle anderen und so wird es zu meinem ersten Arbeitgeber im Westen, das mich noch lange begleiten sollte. Ich bin richtig aufgeregt, als ich den auf 18 Monate befristeten Arbeitsvertrag unterschreibe. Die Zeit bis zum 1. Januar 1990, der Beginn meiner Tätigkeit, überbrücke ich

---

[9] Der Beruf hieß Wirtschaftskaufmann, egal ob es sich um einen Mann oder eine Frau handelte. Dazu fällt mir etwas ein, was mir mal jemand aus dem Westen sagte: „Ihr Frauen aus dem Osten wisst doch eigentlich gar nicht, was Emanzipation überhaupt ist, weil ihr die Ungleichbehandlung von Mann und Frau nie erfahren habt." Da mag was dran sein.

mit einem Computer-Kurs vom Arbeitsamt und einem Neben-Job in einem Türkischen Gemüseladen auf der Wandsbecker Chaussee.

...

Hamburg, 8. Oktober 1989

Liebe Mutti und lieber Timmy!

Es gibt ja so viele Sorten von Obst und Gemüse, das könnt ihr Euch gar nicht vorstellen. Z.B. spanische Tomaten, französische Flaschentomaten, dänische Tomaten, Fleischtomaten, Strauchtomaten, Cherry Tomaten, Cocktailtomaten, grüne Tomaten. Mehr als zehn Sorten Äpfel, ausländische Früchte und Gemüse wie Auberginen, Avocados, Bananen, Ananas, Kiwis u.s.w. Hinzu kommen noch die verschiedensten Schafskäsesorten, viele unterschiedliche Oliven (grün, schwarz, mit Knoblauch, Mandeln oder in Chili eingelegt) und andere türkische Spezialitäten. Das Tollste an meiner Arbeit hier ist, dass ich alles probieren darf. Aber obwohl es sehr viel Spaß macht, werde ich nicht lang bleiben, denn die Arbeitszeit ist zu lang (10 Stunden am Tag und Samstag bis 14 Uhr) Dafür bekomme ich 5 Mark die Stunde, das ist sehr, sehr wenig. Das türkische Ehepaar ist aber sehr nett, ich bekomme jeden Tag Mittag und Kaffee und tobe manchmal mit ihrem kleinen Sohn. Er weiß mit seinen drei Jahren schon ganz genau, mit wem er Deutsch und mit wem er Türkisch sprechen muss, das ist echt Wahnsinn. Die Atmosphäre ist auf jeden Fall sehr herzlich.

Andrej war gestern in Ratzeburg an der Grenze. Er sagte, dass es ein merkwürdiges Gefühl war, rüber zu schauen und das Straßenschild mit dem Hinweis: „Schwerin 46 km" zu sehen.

Sie hatten ein Plakat mit, ein Laken, auf das sie den Spruch „Honni gib auf, Gorbi räum auf!" geschrieben hatten, aber die Bundeswehr wollte keine politischen Aktionen. Die Feldstecher und Teleobjektive auf der gegenüberliegenden Seite (100 m entfernt) konnte man aber sehen. Ich wäre auch gern mitgefahren, musste aber arbeiten.

Abends waren wir bei einer Geburtstagsfeier von einem Hamburger. Es war tote Hose. Als wir kamen, saßen alle vorm Fernseher. Nichts war ausgeschmückt[10], es war auch keine Stimmung. Erst unterhielten wir uns ganz gut mit den anderen, aber am Ende saßen wir und die zwei anderen „Flüchtlinge" unter sich und machten mit Bier, Sekt und Gitarre ein wenig Stimmung.

Liebste Mutti, wir schauen jeden Tag Nachrichten. Es ist erschütternd, was sie mit Euch machen (Leipzig, Dresden, Berlin). Solche Bilder kannte man bisher nur aus westlichen Ländern. Ich hätte nie geglaubt, dass es so etwas in der DDR auch einmal geben könnte. Ich saß da und mir liefen die Tränen. Ich musste immer wieder an diese Bilder denken und vor allem an die Menschen, die mit diesen Bildern in Verbindung stehen – an Euch. Was ist das für ein Staat? So sehr ich an Euch denke, und gerade an Dich, liebe Mutti, so sehr ich wünschte bei Euch zu sein, ich bin doch froh, hier in Hamburg den Anschluss nicht zu verpassen. Es wäre bestimmt ein Fehler gewesen, zu bleiben, auch wenn das bedeutet, dass wir uns vielleicht nie

---

[10] Wenn wir feierten, schmückten wir alles liebevoll aus und dekorierten Haus, Wohnung, Garten oder Restaurant mit allem, was wir finden konnten (Lampions, Girlanden, Blumen, Tischdecken, Servietten, etc.).

wieder sehen Mutti! Bei diesem Gedanken muss ich schon wieder heulen. Hier eine Träne[11].

Ich habe in letzter Zeit immer wieder einen Albtraum. Ich träume, dass ich noch einmal in der DDR bin, um ein paar Sachen zu erledigen und Euch mitzunehmen bzw. Bescheid zu sagen, dass ich gehe. Ich habe schon den Bundespass, den ich an der Grenze vorzeige, aber sie wollen mich nicht wieder rüber lassen. Ich versuche zu fliehen, aber sie fangen mich – ich weine und rufe um Hilfe, bis ich aufwache.

Gibt es überhaupt noch Hoffnung für ein Leben in der DDR? Ich hätte nie so gedacht, aber die Lage hat sich ja so drastisch verändert – kaum zu glauben. Ich hoffe trotzdem auf ein Wiedersehen, liebe Mutti.

…

Jeden Abend das gleiche Drama: Das, was wir mit Entsetzen in den Nachrichten sehen, passiert keine 100 Kilometer von uns entfernt und betrifft ganz direkt unsere Familien, die wir zurück gelassen hatten. Einmal sehe ich meine Mutter auf dem Podium im *Alten Garten*, wie sie als Mitglied des *Neuen Forum*[12] ihre Meinung öffentlich kundtut. Mir springt fast das Herz aus der Brust und ich weine ununterbrochen. Andrej geht es nicht anders. Nur sein Job als Kfz-Mechaniker in einer kleinen Auto-Werkstatt, der Kontakt über Briefe und Telefon zu seiner

---

[11] Die Träne ist auch nach 30 Jahren noch auf dem Papier zu sehen.

[12] Das **Neue Forum** war eine Bürgerbewegung in der Zeit der friedlichen Revolution der DDR, die die Wende wesentlich mitprägte. Ein Teil ging später im *Bündnis 90* auf, ein anderer blieb als eigenständige Organisation erhalten und wirkt heute noch als Kleinpartei in den neuen Bundesländern.

Familie und natürlich, dass wir uns gegenseitig haben, verhindert, dass er zusammenbricht.

Zu Hause in Schwerin herrscht das totale Chaos. Alle sind in Aufruhr und nach den Demonstrationen in Leipzig trauen sich nun auch die Menschen in Schwerin auf die Straße. Die Stimmung schwankt täglich und ist erfüllt von Angst, Resignation und Hoffnung auf etwas Neues, was man noch nicht so richtig greifen kann aber was jeder spürt.

…

Schwerin, 31.10. 1989

Alles ist im Argen, alles ist kaputt. Waschmaschine, Gasboiler, Dachrinne. Nun spielt zu guter Letzt auch noch der Fernseher verrückt, nachdem ich schon sämtliche elektrische Geräte zur Reparatur gebracht habe (Plätteisen, Fön, Brotmaschine, Staubsauger). Naja, so war es ja schon immer: wenn was kaputt geht, dann alles auf einmal. Morgen kommt der Heizungsfritze. Irgendetwas ist ja immer.

Dann kommt noch das politische Engagement dazu, Teilnahme an Demos usw. In letzter Zeit kann ich mich sehr schlecht konzentrieren. Wahrscheinlich sind die ganzen Ereignisse und das viele Neue einfach zu viel für mich. Tim weckte mich neulich so gegen 1 Uhr, da war ich auf der Couch beim Fernsehen eingeschlafen. Ich redete nur dummes Zeug und er bekam richtig Angst. Am nächsten Morgen erzählte er mir alles und ich wusste, so ist es also, wenn man durchdreht. Ich hatte alles in einen Topf gehauen: Politik, Drogerie, Du, Stasi, einfach alles. Nun habe ich beschlossen, ein bisschen Abstand zu halten. Dennoch bleibe ich vor Unliebsamkeiten nicht verschont, denn der nächste Hammer kam von alleine: Herr Glanz hat vom Rat der Stadt keine Genehmigung bekommen, einen Lehrling auszubilden. Somit hängt Tim, genau wie Du damals in der Luft und kann das machen, was übrig bleibt. Morgen wird es sich entscheiden, ob er dann wenigstens BMSR-Techniker beim Energiekombinat lernen kann, ansonsten… ich weiß es nicht!

Du siehst, eine Sorge jagt die andere und mitten drin stecke ich – alleine, keine helfende, keine tröstende Hand – nichts – alleine. „Allein gegen die Mafia" - so komme ich mir manchmal vor, aber ein Aufgeben ist unmöglich, es hilft ja nichts, jetzt heißt es kämpfen! Nur fragt man sich manchmal tatsächlich wofür.

Die Partei ist momentan so hilflos, dass sie sogar massive Beschimpfungen über sich ergehen lässt. Dialog des Volkes mit der Partei ist angesagt, in der Hoffnung, irgendwann wird sich das Volk wieder beruhigen und der alte Trott weitergehen. Wenn die Opposition nicht wachsam ist, wird alles ganz schnell wieder zu Ende sein, wird alles so weiter gehen wie bisher, nur unter anderen Vorzeichen, was vielleicht heißt: ein bisschen mehr Offenheit, Reisefreiheit und ein bisschen besseres Warenangebot. Damit werden sich viele Bürger fangen lassen und nicht begreifen, dass nur radikale und strukturelle Veränderungen im Staat und somit Veränderungen der gesamten Gesetze eine Besserung der Lage bringen können.

Und dennoch, an den montäglichen Demos teilzunehmen, ist schon ein Erlebnis. Das Gefühl, öffentlich seine Meinung demonstrieren zu können und tausende Gleichgesinnte neben sich zu wissen, das ist natürlich eine tolle Sache. Und so schön wie am letzten Montag, habe ich Schwerin noch nie erlebt. Das Arsenal, das Museum, das Gebäude vom Rat der Stadt am Leninplatz waren von tausenden von Kerzen erleuchtet, es sah wirklich wahnsinnig schön aus. Und weil man wusste, warum diese Kerzen dort brennen, traten einem die Tränen in die Augen. Gestern fand eine große Kundgebung am Marstall statt. Es gibt mehr mutige Bürger als man dachte, aber bei solchen Reden und Diskussionen darf es nun nicht bleiben. Es muss vorangehen, die Forderungen müssen bestimmter und drastischer werden. Das „Neue Forum" ist mir zu allgemein. So wie es momentan aussieht, wird diese Organisation wenig Veränderung bringen können, da sie die Vormachtstellung der SED nicht in Frage stellt. Und irgendwie habe ich außerdem das Gefühl, dass sich die Mitglieder des „Neuen Forum" untereinander nicht einmal einig sind, denn ein klares Konzept haben sie bisher nicht formuliert. Und die Meinungen einzelner Mitglieder sind doch sehr verschieden. Das kann nun wirklich nichts werden, denn die Klassiker lehrten uns bereits, dass eine einheitliche Führung Voraussetzung für die Durchsetzung von Zielen ist. Das vermisse ich eigentlich von all den oppositionellen Gruppen und das lässt mich auch am Erfolg zweifeln. Aber vielleicht bin ich auch wieder zu ungeduldig, denn schließlich kann sich tatsächlich nur allmählich etwas ändern.

Du siehst, es gibt viel zu tun bei uns, die Zeit wird endlich mal interessant, aber auch die Angst greift immer mehr um sich und die Zweifel nehmen zu. Wenn Du Dir anhörst, wie unsere Funktionäre einen Dialog führen, kann Dir wirklich jede Hoffnung vergehen und dann ist fast jeder so weit zu sagen: „Die einzige Hoffnung ist Gehen." Warten wir es ab!

…

Der „Ausreiseantrag" meiner Mutter nach Hamburg zur Konfirmation meiner Cousine wird Widererwarten genehmigt und so kommt es, dass wir uns Anfang November 1989 auf dem Hamburger Hauptbahnhof in den Armen liegen und unser Glück des unverhofften Wiedersehens kaum fassen können. Aber es kommt noch besser: Ein paar Tage später fällt die Mauer! Und meine Mutter erlebt diesen denkwürdigen Tag nicht in Schwerin, sondern in Hamburg. Verrückt!

…

Erst viel, viel später erfahren wir den wahren Grund für die Genehmigung ihrer Reise nach Hamburg, so kurz vor dem Fall der Mauer, nämlich als ich 2006 meine Stasi-Akte anfordere. Was ich bis dato nicht wusste: ich wurde als Kader der DDR geführt. Das lag wahrscheinlich daran, dass ich alles, was die Pionier- und FDJ-Organisation bot, bereitwillig mitmachte, weil das ja immer Abenteuer und Lernen bedeutete - zumindest in meinen Kinderaugen.

Lernen – ganz egal was – macht mir immer viel Spaß, deshalb bin ich eine gute Schülerin, engagiere mich im Gruppenrat der Klasse als Wandzeitungsredakteur und werde mit 12 Jahren vom Freundschaftsrat der Schule in die „Pionierrepublik Wilhelm Piek" am Werbellinsee delegiert, wo ich sechs Wochen mit Kindern aus 42 Nationen verbringen darf. Ich wohne mit Kubanern in einem Haus und lerne *„Aqui se queda la clara"*, ein Lied über den

Kommandanten Che Guevara[13], obwohl ich kein einziges Wort Spanisch verstehe. Die vielen fremden Sprachen und Kulturen begeistern mich. Da gibt es Kinder, die mit den Fingern essen und bunte Kleidung tragen, schöne Lieder singen oder den ganzen Kopf voller Zöpfe haben. Ich erlebe aber auch merkwürdige Dinge. Wie sich Kinder auf den Boden schmeißen und die Hände schützend über ihren Kopf halten, wenn von irgendwo eine Sirene ertönt. In Diskussionsrunden erfahren wir, wer woher kommt und dass es Länder gibt, in denen Krieg ist und was Krieg eigentlich bedeutet.

Dass der tägliche Fahnenappell Pflicht ist und wir die *Aktuelle Kamera* sehen müssen, nehme ich als notwendiges Übel hin. Richtig Spaß habe ich dagegen ein Mal die Woche in der Produktionsstätte am Band. Hier schrauben wir echte Teile für den Schiffsbau zusammen, wie man uns erklärt. Den Rest der Zeit verbringen wir mit Spielen, Tanzen, Singen und Sport.

Mein bester Freund ist schwarz, einen Kopf kleiner als ich und kommt aus dem Kongo. Wir verständigen uns mit Händen und Füßen oder lächeln einfach, wenn wir nicht wissen, was wir sagen sollen. Seine zwei Schwestern versuchen sich an meinem glatten Haar und flechten mir so viele Zöpfe, wie es nur geht. Nach den sechs Wochen schreibt er mir zum Abschied auf Französisch in mein Poesie Album und ich weine bitterlich, als wir uns verabschieden müssen.

---

[13] Die Version von Santana „Hasta siempre Comandante" ist sehr schön interpretiert.

Mein süßer Liebling aus der DDR, ein hübsches Mädchen, an das ich alle Tage denke. Ich schlafe nicht mehr und vor dem Essen muss ich sie sehen. Ich habe nie ein besseres Mädchen getroffen als sie. Sie hat Augen wie der Himmel, so brillant. Ich würde sie gerne mit mir nehmen. Sie ist meine schönste Blume. Nun, meine Gute, wirst Du an mich denken, wie ich an Dich denke?

Ich beende meinen Brief mit einem Kuss,

Dein Liam

P.S. In diesem Moment, in dem ich an Deiner Seite bin, bin ich sehr verliebt.

...

Ich stelle mir das Leben im Kongo vor, denn es ist meine feste Absicht, Liam zu folgen. Wochenlang heule ich wie ein Schlosshund. Aus Liebeskummer aber auch aus Mitgefühl für meine Kameraden aus der Pionierrepublik, die vielleicht in ein Land zurück mussten, wo Krieg ist. Jetzt erst begreife ich, warum wir Jahr für Jahr Solidaritätspäckchen mit Spiel- und Schulsachen, Plüschtieren und Süßigkeiten nach Vietnam, Nicaragua oder Mosambik schickten. Ich habe nun eine klare Vorstellung davon, was Krieg für Kinder bedeutet und bin lange Zeit untröstlich.

Einmal drin im Organisationssystem der Pioniere und FDJler, werde ich zum GOL[14] Sekretär der Schule gewählt. Ich nehme meine Rolle als oberstes Organ der *Blauhemden*[15] sehr ernst. Sie melden mir auf dem wöchentlichen Fahnenappell die Anzahl der teilnehmenden FDJler und erwidern meinen Gruß mit einem kollektiv gegrummelten „Freundschaft". Ganz so, als wollten die Jungs der oberen Klassenstufen akustisch beweisen, dass sie bald Männer sind. Ich muss jedes Mal darüber grinsen. In den großen Ferien delegiert man mich zur Weiterbildung ins FDJ-Lager. Neben vielen erlaubten und erwünschten Aktivitäten seitens der Organisation probieren wir als Teenager natürlich auch die verbotenen Dinge aus, und werden leider erwischt. Meine Mutter muss mich nach einer Woche wegen unerlaubtem Alkoholbesitzes abholen. Sie ärgert sich bis heute, dass sie der Aufforderung sofort Folge geleistet und stattdessen nicht einfach gesagt hat, dass sie nicht kommen kann. Das hätte mir auf jeden Fall eine weitere Woche tolles Kulturprogramm und gute Gespräche mit interessanten Leuten beschert. Natürlich auch politische Seminare und Marxismus-Leninismus, das gehörte eben dazu wie das Mischbrot zum Wochentag.

…

Was die Stasi sich vom Besuch meiner Mutter im Herbst 1989 in Hamburg erhoffte war, dass die Mutterliebe mich

---

[14] Grundorganisationsleitung (GOL) der Freien Deutschen Jugend (FDJ). Ihr gehörten die Schüler der Klassen 8-10 an.

[15] So nannte man die FDJler, weil sie zu besonderen Anlässen ihre blauen Hemden mit Emblem tragen mussten

wieder zur Vernunft und zurück nach Schwerin bringen würde. Aber sie unterschätzten meinen jugendlichen Leichtsinn und meinen Freiheitsdrang. Als Schütze-Geborene mit unbändiger Sehnsucht nach fernen Ländern und fremden Kulturen, immer neugierig und bereit alles auszuprobieren, kann ich mir mit meinen 18 Jahren einfach nicht vorstellen, in meinem Ausbildungsbetrieb kleben zu bleiben und immer nur von den Ländern zu träumen, die ich gern bereist hätte. Ich sah die Flucht als einzigen Ausweg aus meinem Dilemma. Dass die Mauer so schnell fallen würde, damit hatte ja nun wirklich niemand gerechnet.

…

„… alle Träume sind geträumt und wahr" ertönt es aus dem Radio. Ich packe meine letzten Umzugskartons für Schwerin und singe lauthals mit. Ja, durch die Flucht, den Mauerfall und den späteren Untergang der DDR war es mir möglich, all meine Träume wahr werden zu lassen. Ich lebte in den schönsten Großstädten Deutschlands und hatte immer Jobs, die mir nicht nur viel Spaß machten, sondern auch das teure Großstadtleben finanzierten. Ich bin viel gereist, habe Spanisch gelernt und Freunde gefunden. Ich war während meines Sabbaticals im Silicon Valley und durfte an der berühmtesten Universität der Welt, in Stanford, mein Englisch auffrischen. Ich kehre nach 30 Jahren erfüllt und befriedet in meine Heimat zurück. Das fühlt sich sehr gut an.

Trotzdem kann ich Berlin natürlich nicht verlassen, ohne meine Freunde, Kollegen und Nachbarn - wenigstens ein paar von ihnen - noch einmal zu sehen.

Trotz kurzfristiger Einladung meinerseits und Fußball Weltmeisterschaft kommen eine ganze Menge Leute, die alle etwas zu Essen und zu Trinken mitbringen. Wir grillen auf meinem Balkon, schauen über Beamer in meiner Wohnküche Fußball und ich freue mich über die Gespräche, Umarmungen und guten Wünsche für meine bevorstehende Zeit in Schwerin. „Sie werden mir alle fehlen", denke ich, als ich sie so in meiner Küche stehen und jubeln sehe. Deutschland hat in der fünften Minute der Nachspielzeit doch noch ein Tor gegen Schweden geschossen und kommt mit einem 2 : 1 eine Runde weiter. Im Wohnzimmer hat sich Nina - eine der wunderbaren, kreativen Frauen vom Berliner *GirlsGrill* – mit ihrer Westerngitarre bereits eingespielt. Ich komme dazu und begleite sie auf dem Cajon, während meine Gäste von ihr zum Mitsingen animiert werden. Ich bin gerührt vom spontanen Repertoire und meinen Freunden, die gekommen sind, um mich mit Liedern wie *Bye, bye Hollywood Hills, No women, no cry!, Über den Wolken, Yesterday, Als ich fortging* oder *Let it be* zu verabschieden.

Ich fühle, für mich fängt ein neuer Lebensabschnitt an, auch wenn es erst einmal nur „auf Probe" sein soll. Mir wird mein Netzwerk fehlen, das ich mir in vielen Jahren aufgebaut habe, aber es wird auch viel Neues zu erleben geben. Für meine Berliner Freunde dagegen bleibt alles wie es ist außer, dass ich in ihrem Leben fehle und bei einigen von ihnen vielleicht eine Lücke hinterlasse, die nicht so leicht zu schließen ist. Das ist der große Unterschied zwischen denen, die gehen und denen, die bleiben.

Über sieben Brücken (Karat)

Schon als wir von der Autobahn kommend die Ausfahrt Schwerin-Nord nehmen und uns meiner alten, neuen Heimat nähern bin ich wieder einmal begeistert davon, wie grün und schön Mecklenburg-Vorpommern ist. Links und rechts Bäume und dahinter viel, viel Wasser. Mein Umzugshelfer aus Berlin bekommt große Augen, als er den 61,54 km großen Schweriner See sieht. Auf dem Kanal, der vom Schweriner Innensee zum Schweriner Außensee führt, sieht man jede Menge Wassersportler mit ihren großen und kleinen Booten. Ich kurble das Fenster runter und nehme einen tiefen Atemzug. Ja, so riecht Sommer, so riecht Heimat, so riecht Kindheit. „Das ist Schwerin, die Stadt der sieben Seen", sage ich, „gleich fahren wir am Haus meiner Mutter vorbei." Sie wohnt in Sichtweite von der Straße, auf der wir gerade fahren, ist aber bereits in meiner neuen Wohnung in der Schelfstadt und wartet dort mit selbst gekochter Soljanka[16] und selbst gebackenem Kuchen auf uns.

Schneller noch als das Einpacken in Berlin, wofür wir 45 Minuten gebraucht haben, geht das Auspacken in Schwerin. In nur 25 Minuten sind wir fertig aber auch fix und fertig ob der 93 Stufen zu meiner Wohnung und 28 Grad im Schatten an diesem Sonnabend Mittag. Schweißgebadet sitzen wir an meinem Mini-Tisch, den meine Mutter mit Blumen und einer Willkommenskarte

---

[16] Soljanka ist eine osteuropäische Suppe aus Wurst- und Fleischresten gemischt mit Paprika, Tomatensauce und Gewürzgurken, serviert mit saurer Sahne und einer Zitronenscheibe. Sehr typisch in der DDR.

geschmückt hat und können die heiße Soljanka, die sie uns auftischt gar nicht genießen – es ist alles viel zu heiß! Ich muss erstmal was trinken und austreten.

Der 16jährige Sohn meiner Schulfreundin Suse hatte beim Rauftragen geholfen. Wir stehen nun beide schwitzend auf meinem Balkon, jeder eine Flasche Wasser in der Hand, da sagt er anerkennend und mit der Weisheit eines Teenies: „Besser kann man es in Schwerin ja gar nicht treffen!" Wie er das so sagt, bestätigt er mein Gefühl, das ich hatte, als ich zum ersten Mal auf diesem Balkon stand. Der freie Blick und die Aussicht, die man von hier oben über die ganze Stadt hat, ist einfach fantastisch.

Nachdem wir die Köstlichkeiten meiner Mutter vertilgt haben und alle gut gestärkt wieder gegangen sind, versuche ich in das Chaos aus Umzugskartons und Möbeln irgendwie Ordnung zu kriegen. Trotz Hitze habe ich den Ehrgeiz, alle Kartons auszupacken und komme auch ganz gut voran. Dann aber brauche ich doch eine Abkühlung und mache mich zu Fuß auf den Weg zum Baden im Ziegelaussensee.

Ich komme an der alten Brauerei vorbei, die nachhaltig, mit Materialien aus Holz und Stroh, saniert wurde. Alte Gebäudeteile und das Silo für Hopfen sind gut integriert worden, was insgesamt ein stimmiges Bild ergibt. Ich freue mich, dass hier ein sensibler Architekt am Werk war. Mir fällt ein, dass ich als Jugendliche mal in der Brauerei gearbeitet habe und am Ende des Ferienjobs einen ganzen Kasten Brause mit nach Hause nehmen durfte. Das ganze Gelände bietet heute Wohnraum für

Familien, Paare und Singles, die sich den unschlagbaren Blick auf den Ziegelinnensee leisten können. Eine 100 qm Wohnung, so munkelt man, soll 500.000 Euro kosten. „Das sind ja Preise wie in Berlin!", denke ich und gehe weiter Richtung Speicher.

Der ehemalige Getreidespeicher, 1939 von der Kaufmannsgesellschaft Löwenthal für die Ewigkeit gebaut, ist heute ein 4-Sterne Hotel mit einem kleinen Hafen davor. Das denkmalgeschützte Industriegebäude wurde 1998 aufwendig saniert und schon 1999 fertig gestellt. Der Hafen und die ganze Umgebung ist allerdings erst vor ein paar Jahren gebaut und verschönert worden. Der alte Kran am ehemaligen Holzhafen zeugt noch von den Aktivitäten der Vergangenheit, alles andere ist schick und modern mit viel Beton und Glas. Den Kontrast dazu bildet der Bootssteg aus Holz. Er ist Bade- und Anlegestelle zugleich. Von hier aus können die Hotelgäste mit der *Weißen Flotte* bis zum Schloss schippern. Tauchen und Ankern ist allerdings strikt verboten, denn auf dem Grund soll noch kiloweise Munition aus Kriegszeiten liegen.

Ich schlendere in der Abendsonne am Speicher vorbei und sehe auf der einen Seite die Hotelgäste im Strandkorb sitzen, gemütlich ein Bierchen trinken und auf den Sonnenuntergang warten. Auf der anderen Seite lümmelt eine Horde Jugendlicher, die sich hier zum Chillen und Musikhören getroffen hat. Ich rieche das Gras, das sie rauchen und höre den Beat, zu dem sie sich bewegen. Ich freue mich für sie, dass sie ihre Zeit hier am See verbringen können.

Weiter geht's, vorbei an den mittlerweile acht Hochhäusern, die ich von meinem Schlafzimmerfenster aus am Rande des Ziegelinnensees sehen kann. Das letzte, was sie erst vor kurzem fertig gestellt haben, ist höher und hässlicher als die anderen und ich frage mich wieder einmal, wie die Stadt so etwas zulassen kann. Die ersten fünf sind einem Schiff nachempfunden und passen sehr gut hier her. Die neueren drei sehen aus wie alle anderen Wohnblocks, die man so kennt. Dabei sollte aus dem letzten freien Stück Land am See doch ein Park werden. Wirklich schade, dass Projekte, die für alle gut wären und nicht nur für Einzelne, selten gefördert werden. Suse rollt mit den Augen, als ich sie nach den Hintergründen frage und sagt resigniert: „Geld regiert die Welt! Auflagen der Stadt werden durch Gesetzeslücken umgangen. Das ist die Realität, auch in Schwerin." Und da alle am See wohnen wollen, entstehen hier sogar noch viele Wohnblocks mehr. Die Plakate an den eingezäunten Baugruben versprechen komfortables Wohnen in allerbester Lage. „Traumwohnungen zu Traumpreisen" - die Gentrifizierung macht auch vor Schwerin nicht Halt.

Wenn die Hochhäuser nicht wären, könnte ich bestimmt von meinem Schlafzimmer direkt bis zur Badestelle blicken, zu der ich jetzt unterwegs bin. Ich hole meine Mutter ab, die nun schon ungeduldig auf mich wartet. Mit einem Handtuch und einer Schwimmnudel unterm Arm schlendern wir zum See. Es ist immer noch sehr warm und wir freuen uns schon auf die Abkühlung.

Die Badestelle in der „*Weißen Stadt*", wie die Schweriner die Ansammlung von Häusern nennen, die auf dem

Grundstück der ehemaligen Molkerei entstand, wäre nicht da ohne diese Siedlung. Sie sieht von der Hauptstraße fast aus, wie eine Urlaubsanlage auf Lanzarote: Die aneinandergereihten flachen Häuser sind alle weiß und im gleichen Stil gebaut. Was haben wir uns aufgeregt, als sie anfingen, die Bäume abzuhacken und die Häuser hochzuziehen. Erst diese Art Reihenhaus-Mauer direkt an der Straße, dann die Luxus-Villen auf der Seeseite, eine ausgefallener und größer als die andere. Knapp zehn Jahre später hat sich unser Unmut gelegt, denn jetzt ist es hier grün, bunt und voller Leben. Die neu gepflanzten Bäume und Sträucher sind groß geworden, in den Vorgärten wird gegrillt, auf dem Spielplatz getobt und man grüßt sich, wenn man an den Terrassen Richtung Badestelle vorbei geht.

Wir freuen uns über den Luxus eines Holzstegs und einer Badeleiter direkt in den See und darüber, dass trotz des schönen Wetters, heute nicht viel los ist. Wir ziehen uns schnell aus und gehen vorsichtig ins Wasser. Die ersten Sekunden sind furchtbar und wir kreischen um die Wette, weil es so kalt ist. Sobald man aber mit dem Kopf unter Wasser war, ist es nur noch halb so schlimm und die Freude, in einem See mit klarem, weichen Wasser baden zu können, überwiegt. Enten schwimmen neben, Boote vor und Fische unter mir. Es ist herrlich und ich kann mein Glück kaum fassen.

Nach dieser tollen Abkühlung sitzen wir noch eine Weile am Steg und verfolgen das gemütliche Treiben im und am Wasser. Der See funkelt, als hätte jemand viele kleine Edelsteine auf die Wasseroberfläche gestreut. Ich bin überwältigt von so viel natürlicher Schönheit an einem einzigen Tag. All das ist jetzt so nah, so unkompliziert und jederzeit verfügbar.

Ich frage mich, ob ich diese Schönheit überhaupt erkannt und wahrgenommen hätte, wenn sie immer da gewesen wäre. Ich glaube, es war wichtig für mich, über viele Brücken zu gehen. Unsicher, manchmal ängstlich, nicht wissend, was sich dahinter verbirgt und dann überrascht zu werden von anderen, schönen, unbekannten Welten. Aber auch hinzufallen, wieder aufzustehen, allein oder in Begleitung weiterzuziehen, sich selbst auszuprobieren, Fehler zu machen, zu reflektieren und den nächsten Schritt zu wagen. Meine Neugier und die Lust am Leben haben mich dabei immer begleitet und all das, so schlussfolgere ich, war notwendig, um zu erkennen, wie schön meine alte Heimat ist. „Ich kann noch gar nicht glauben, dass du jetzt für länger hier bist", sagt meine Mutter, und auch für mich fühlt es sich alles noch so unwirklich an.

Ein Boot zerstört die Romantik des Augenblicks. Die durch seine Bewegung entstandenen Wellen schwappen an die Pfähle der Bootshäuser um uns herum. Uns fröstelt und wir brechen auf. Für den Rückweg in mein neues Zuhause leihe ich mir das Fahrrad meiner Mutter, da meins noch in Reparatur ist. Kurz bevor ich zu Hause bin muss ich noch einmal absteigen. Mein erster Tag in Schwerin endet mit einem traumhaften Blick über den Ziegelinnensee im Abendrot. Ich stehe einfach nur da und nehme wahr: die Farben der untergehenden Sonne über dem See, den Geruch von Wasser, Schlamm, Gras und Erde, das Kreischen der Möwen. Es ist Sonnabend

22:00 Uhr und ich spüre auch die Stille auf der Straße und die angenehme Dunkelheit. Kaum ein Auto fährt vorbei, man sieht und hört nur noch wenige Menschen und da ist auch keine Leuchtreklame, die den Blick auf den See oder in den Himmel stört. Dass ich genau das vermisst habe, merke ich erst jetzt. Ich atme noch einmal tief und befriedigt ein, steige wieder auf mein Rad und fahre die paar Meter nach Hause, wo mein provisorisches Bett schon auf mich wartet.

Am Fenster (City)

Meine neue Wohnung ist viel kleiner als die in Berlin. Die Decken sind sehr niedrig, Laminat und Teppich statt Dielenboden und Stuck. Die Wände sind so dünn, dass ich meine Nachbarin singen und ihre Waschmaschine waschen und schleudern höre. Und doch fühle ich mich vom ersten Moment an sehr wohl hier, so dass ich den Gedanken an eine Übergangswohnung, die es eigentlich sein sollte, recht schnell verwerfe. Ich überlege ernsthaft, woran es liegen könnte, dass ich die in Berlin zurückgelassene, räumliche Großzügigkeit, nicht vermisse und scheinbar auch nicht (mehr) brauche.

„Vielleicht fühle ich mich in diesen zwei kleinen Räumen weniger einsam", denke ich. Wenn ich in Berlin allein in meiner großen Küche am großen runden Holztisch saß, an dem früher die ganze Familie und oft auch noch Freunde Platz fanden, dann machte mich das irgendwie traurig. Ausgerechnet dieser Tisch. Ich hing an ihm, weil er, so lang ich denken kann, in unserer Küche stand. Ich hatte ihn mir extra aus Schwerin bringen lassen, weil ich in der letzten meiner drei Wohnungen in Berlin endlich Platz dafür hatte. Aber er lebte nicht oder nur selten. Ohne die Ansammlung von Menschen, die an ihm sitzen, essen, spielen, schreiben oder malen, verkommt er zu einem Stück Möbel ohne Seele.

Aus Platzmangel habe ich ihn gegen einen 53 x 69 cm kleinen Tisch eingetauscht, der seit ein paar Jahren in meinen Kellern herum stand. Ich benutze ihn als Ess-, Schreib- und Wohnzimmertisch. Wenn Freunde oder Familie zu Besuch kommen, ziehe ich ihn aus, so dass alle daran Platz haben. Wenn ich tanze, schiebe ich ihn zur Seite, denn er ist leicht und beweglich, wie alles in dieser Wohnung. Ich fühle mich dadurch selbst auch freier und leichter, als mit all den großen und schweren Möbeln in meiner Berliner Wohnung. Was mich jedoch wirklich befreit, ist die Tatsache, dass meine jetzige Miete nur noch ein Drittel von dem beträgt, was ich in Berlin zahlte. Diese Last auf meinen Schultern konnte ich abschütteln und das fühlt sich toll an.

Die Sonne scheint durch mein bodentiefes Balkonfenster ins Wohnzimmer und lichtdurchflutet die ganze Wohnung. Dieses Fenster ist das erste, was ich morgens öffne. Ich begrüße den Tag und die Möwen, die schon seit 5 Uhr morgens kreischen, gieße meine Blumen und nehme einen tiefen Atemzug. Dann mache ich mir in meiner kleinen Küche den ersten Kaffee und überlege, während ich aus dem niedrigen Küchenfenster über die Stadt schaue, was ich heute mache. Zum ersten Mal muss ich nicht arbeiten, nicht früh aufstehen, nicht hetzen, mir nichts sagen lassen, mir selbst keinen Stress machen. Trotzdem habe ich nicht das Gefühl sinnlos die Zeit zu vertrödeln. Ich genieße es, mal völlig planlos zu sein und sich vom Tag überraschen zu lassen.

Mein Handy klingelt, am anderen Ende fragt mich meine Mutter, was ich heute vor habe. „Nichts", sage ich lächelnd und erkenne im selben Moment noch einmal den Luxus, den mir das Leben gerade schenkt. „Dann komm doch zum Frühstück zu mir in den Garten", sagt sie und ich nehme ihre Einladung, die sie mir in diesem Jahrhundertsommer noch mehrfach aussprechen wird, gern an.

Meine Mutter

Ich bringe frische Brötchen mit, während sie mit Kaffee, selbstgemachter Marmelade und weichgekochten Eiern am liebevoll gedeckten Gartentisch auf mich wartet. Meine Mutter freut sich immer, wenn sie nicht allein frühstücken muss und ich natürlich auch. Nebenbei lesen wir das Schweriner Tageblatt, diskutieren oder regen uns gemeinsam über das Weltgeschehen und unsere Politiker auf und während meine Mutter bei den Todesanzeigen nach bekannten Namen sucht, stöbere ich in den Stellenanzeigen. Wir lösen gemeinsam das Kreuzworträtsel, auf das sie sich jeden Tag freut und schauen, ob Schwerin etwas zu bieten hat, was uns interessiert.

Von der Terrasse haben wir einen tollen Blick in den Garten und wenn das Tor zum Kanal geöffnet ist, können wir die Dampfer, Segel-, Motor- und Paddelboote beobachten, die vorbei schippern und deren Fahrer uns manchmal zuwinken oder lautstark hupen. Ab und zu schwimmt auch ein Schwanenpärchen vorbei.

Nach dem Frühstück streife ich durch den, in einem viertel Jahrhundert liebevoll angelegten Garten und bin begeistert, was ich so finde: Sommerscheiben, rote & schwarze Johannesbeeren, Brombeeren, Sauerkirschen, Stachelbeeren, die vom Baum oder Strauch direkt in meinen Mund wandern. Kohlrabi, Tomaten und Zuckerschoten sowie alle möglichen Kräuter nehme ich später mit nach Hause. Die zahlreichen Blumen blühen in allen Farben. Mieschi und Maxi, die beiden Katzen begleiten mich bei meinem Streifzug oder lassen sich von mir kraulen, bis sie und ich auf dem Boden liegen. Bei der Hitze kommen sie allerdings nur selten unter dem Apfelbaum hervor, der ihnen Schatten spendet und die Hitze für sie einigermaßen erträglich macht. Selbst die Vögel, die in ihrer unmittelbaren Nähe in den Tellern der Terrakottatöpfe planschen interessieren sie nicht die Bohne. Es ist toll, nicht gleich wieder gehen zu müssen und sich dem Nichtstun hingeben zu können.

Meine Mutter beherrscht diese Disziplin hervorragend. Seit sie Rentnerin ist, kann sie stundenlang in der Zeitung, ihren Aufzeichnungen von anno dazumal oder in einem ihrer vielen Bücher lesen. Aber sie macht auch viele tolle Sachen, wie einmal die Woche an der Volkshochschule Französisch lernen, Gedichte schreiben, malen oder manchmal sogar noch für ein paar Stunden als Lehrerin arbeiten. Haushalt und Wäschewaschen sind ihr ein Graus aber auch das macht sie mit ihren 70 Jahren noch alleine und bügelt sogar die Bettwäsche. Das habe ich noch nie gemacht, aber ich fand es immer toll, wenn ich zu Besuch bei ihr war und darin schlafen konnte.

Ihr neun Jahre jüngerer zweiter Mann Michael kümmert sich um den wunderschön angelegten Garten. Neulich verriet er mir, dass er nichts dem Zufall überlässt, obwohl es für Laien wie mich so aussieht, denn es ist ein Naturgarten. Er macht sich sogar vorher Zeichnungen, wo er was anpflanzt. Mein Geschenk-Abo von *Kraut & Rüben* - ein Muss für Hobbygärtner - kam daher auch sehr gut an zu seinem 60. Geburtstag. Ansonsten sorgt Michael für Brennholz, Fisch (er ist leidenschaftlicher Angler) und dafür, dass das Dach über ihren Köpfen in

Ordnung ist und bleibt. Im Gegensatz zu meiner Mutter gönnt er sich kaum Ruhe und rackt, wenn er von der Arbeit kommt gleich weiter im Garten. Dennoch passen sie gut zusammen und ich bin sehr froh, dass meine Mutter nun schon seit 26 Jahren mit Michael zusammen ist, dem sie erst nach 16 Jahren ihr Ja-Wort gegeben hat. Als sie sich kennenlernten war sie 44 und ich 22 Jahre alt. Dass die Mutter genau doppelt so alt ist wie die Tochter, kommt ja nur ein Mal im Leben vor, deshalb erinnere ich mich auch noch ganz genau daran. Michael liebt die Natur, vor allem das Wasser und er malt fast noch besser als meine Mutter, deren Originale meine Wohnungen von Hamburg über Madrid und München bis nach Berlin schmückten und auch jetzt wieder das erste waren, was ich aufhängte. Drei Bilder von Michael sind aber auch dabei. Es ist wirklich komisch, mir sind die Bilder (Aquarell, Öl und Acryl) nie über geworden. Ich finde sie immer noch schön und erfreue mich an ihnen, obwohl ich sie schon längst hätte austauschen können, denn das Haus meiner Mutter und Michael gleicht einer Galerie. Es ist von oben bis unten mit Bildern voll gehängt. Und jedes Mal, wenn die beiden im Urlaub oder mit ihrem Kunstverein unterwegs waren, kommen wieder welche dazu.

Für die Künstlervereinigung aus Schwerin und Dänemark stehe ich einmal Modell. Die Künstler (Maler, Grafiker und Bildhauer) kommen im Sommer 2002 in Schwerin zusammen und wollen eine Flamenco-Tänzerin in Bewegung malen. Da ich seit Jahren Flamenco tanze und gerade aus Madrid zurück gekommen bin, fragen sie mich und ich willige gern ein. Ich bringe all meine Kostüme und vor allem meine Flamenco-Musik mit, tanze bis mir schwindelig wird und kann die Künstler zu erstaunlich tollen Bildern inspirieren.

Das Schweriner Tageblatt schreibt einen großen Artikel darüber und ich bin mega-stolz auf die Kunst, dessen Motiv meistens ich bin. Mal mit Stier in einer Arena, mal auf einer Bühne mit einem Tänzer, Gitarristen oder mit Publikum im Hintergrund, mal bunt und farbenfroh, mal weiß auf schwarz, mal schwarz auf weiß.

…

August 2002 --- Seite 13

Figuren im Flamenco-Takt
Künstlergruppe empfing Gäste zum Malworkshop

Schelfstadt – *Die Künstlergruppe „Schwanenglanz" empfing zu ihrem Sommer-Malworkshop Gäste aus Dänemark. Gemeinsam wurde gearbeitet und hunderte Zeichnungen entstanden.*

Sommer, strahlender Sonnenschein, blauer Himmel und ein malerischer Blick auf den Pfaffenteich. Phantastisches Ambiente für den internationalen Malworkshop. Gemeinsam machten die Künstler bei ihrem diesjährigen Sommer-Maltreffen einen „Kunstschritt" vor. „Wir lernen voneinander und miteinander", so die Organisatorin. Das Kulturamt der Stadt Schwerin förderte den Austausch, dessen zentrales Thema für die 15 Teilnehmer die menschliche Figur war. Das Besondere diesmal: Malen im Flamenco-Takt. Jule F. tanzte für die Künstler. Faszination und ein bisschen Rausch packte die Maler bei so viel Schönheit, Temperament und Ausdruckskraft. Denn wenn Jule loslegt, geht die Post ab, ein Feuerwerk entsteht und es gilt, in Sekundenschnelle, das Wesentliche

zu erfassen. Spannung, Verführung und Stolz drücken sich in der Körpersprache aus und sind aufs Papier zu bringen. Geschichten werden in Bildern erzählt. Jule hat fast drei Jahre in Spanien gelebt. Sie brachte Flamenco-Hintergrundwissen ein, gab Erklärungen zu ihren imposanten, mehrfach wechselnden Flamenco-Outfits und übersetzte während ihrer sitzenden Posen einige Liedtextpassagen.

Bei der rhythmischen Musik und dem Klang der Kastagnetten waren die Maler experimentierfreudig. Es wurde intensiv, ja enthusiastisch, konzentriert und zudem mit viel Freude gearbeitet. Die Arbeitsergebnisse waren so unterschiedlich wie die Teilnehmer. Denn die jeweilige Arbeit dokumentiert und spiegelt die Sicht des Künstlers auf das Modell. Eindrücke und Emotionen des Darstellers spielen hinein. Bis zu 75 Arbeitsblätter nahmen einige der Teilnehmer mit nach Hause. Die Ergebnisse werden nächstes Jahr in Schwerin präsentiert.

Ein dreiviertel Jahr später werden die Kunstwerke auf zwei Etagen ausgestellt. Zur Vernissage tanze ich natürlich Flamenco, begleitet von einem echten Spanier an der Gitarre. Das Bild, was meine Mutter während des Workshops malt, hängt als „unverkäuflich" in der Galerie, aber es dauert noch Jahre, bis sie es mir zum 40. Geburtstag im Dezember 2010 schenkt. Seitdem hängt es in meinen Wohnzimmern und erinnert mich an die Zeit, als ich im wahrsten Sinne des Wortes, auf vielen Hochzeiten tanzte.

…

Meine Mutter ist bis heute meine beste Freundin und größte Kritikerin zugleich. Früher dachte ich immer, alle Mütter sind wie sie, aber mit der Zeit habe ich festgestellt, dass das gar nicht so ist und ich einfach großes Glück mit ihr habe. Als Lehrerin bringt sie mir alles bei und erklärt geduldig, was ich wissen will – vom Schuhe zubinden über Deutsch, Mathematik und Kunst bis zur Aufklärung über Mann, Frau und Kinder. Sie weckt die Begeisterung fürs Lernen in mir und kennt jeden Baum, jede Blume, jeden Pilz und jeden Vogel im heimischen Wald. Immer wenn ich sie frage: „Woher weißt Du das alles?", sagt sie: „Ich bin doch Lehrerin" und wundert sich, dass ich Großstadtkind die Dinge, die sie mir mühselig beibrachte, einfach alle wieder vergessen habe.

Wenn meinem kleinen Bruder und mir langweilig ist, holt sie Papier und Tuschkasten raus und malt mit uns auf großen, bunten Blättern Fantasiegestalten oder Stillleben, indem sie etwas auf den Tisch stellt, was wir abmalen sollen. Wenn es regnet und wir nicht draußen spielen können, liest sie uns Märchen vor und wir spielen diese als Theaterstück nach. Meine Mutter verkleidet sich dann als Hexe mit einem Geschirrtuch um den Kopf und macht uns große Angst, indem sie wie eine echte Hexe hämisch kichert und uns durch das ganze Haus nachjagt. Manchmal singen sie und ich zweistimmige Lieder[17], die das Haus erklingen lassen und Sommer wie Winter für eine warme Atmosphäre sorgen.

Das Schönste jedoch sind meine Geburtstage. Am Abend vorher bin ich immer so aufgeregt, weil ich mir jedes Mal vornehme herauszufinden, wann mein Geburtstagstisch dekoriert und die Geschenke darauf drapiert werden und vor allem von wem. Es gelingt mir leider nie, so sehr ich mich auch anstrenge wachzubleiben, ich schlafe immer irgendwann ein und bekomme nichts mit. Aber die Handschrift meiner Mutter ist unverkennbar. Zu meinen Geburtstagsfeiern, die übrigens immer an dem Tag stattfinden, auf den mein Geburtstag grad fällt, darf ich einladen, wen ich will. Wir basteln am großen, runden Küchentisch nach meiner Mutters Anleitung immer etwas Schönes, was am Ende des Tages jedes eingeladene Kind mit nach Hause nimmt. Das sind mal Laternen, Drachen, Masken oder Hampelmänner. Danach spielen wir Topfschlagen und Flaschendrehen bis die Backen glühen und jeder entsprechend viele Süßigkeiten gewonnen hat.

---

[17] Das machen wir heute noch gern. Unser Lieblingslied ist „Fern am Amazonas", von meiner Mutter mit drei Griffen auf der Gitarre begleitet. Die Schnulze von den Tielmann Brothers wurde für die DDR allerdings so umgeschrieben, dass daraus ein echtes Arbeiter- und Kampflied wurde.

Wenn ich traurig bin, kann ich meinen Kopf in den Schoß meiner Mutter legen, sie streichelt ihn mir und lässt mich weinen. Wenn ich Liebeskummer habe, hört sie mir zu und versucht mich zu trösten. Später hilft sie mir bei meinen Aufsätzen, Kunst-Interpretationen und bei all meinen Prüfungen, obwohl sie als Lehrerin in Vollzeit beschäftigt ist. Sie bringt mir das Kochen und Nähen bei und nimmt mich mit auf Reisen durch die DDR, von der Ostsee über Thüringen bis zum Elbsandsteingebirge.

Obwohl sie selbst kein SED-Mitglied ist und auch sonst nicht viel am Hut hat mit der DDR-Politik, hält sie mich nie davon ab, mich zu engagieren. Überhaupt unterstützt sie mich immer eher und sprengt meine Grenzen im Kopf als zu meckern oder Verbote auszusprechen.

Als Teenager würde ich mich am liebsten jeden Abend draußen „rumtreiben". Immer wenn ich frage, sagt meine Mutter: „Solange du die Schule nicht vernachlässigst und um 22:00 Uhr zu Hause bist, kannst du machen, was du willst." Meist dürfen die anderen in meinem Umfeld das aber nicht und allein habe ich auch keine Lust. Und so ende ich dann doch frühzeitig zu Hause, wo Freunde meiner Eltern ein- und ausgehen, mein Bruder Musik macht und bei uns eigentlich viel mehr los ist, als irgendwo in der Stadt.

Auch wenn Markenklamotten keine all zu große Rolle spielen, so will ich als Heranwachsende trotzdem nicht die doofe, absolut am Trend vorbei designte, _Dederon_[18]-

---

[18] Die DDR-Kunstfaser ist auch ein Kunstwort, zusammengesetzt aus DDR + ON. Die Faser wurde bekannt durch die Kittelschürzen im Osten, auch Nylon genannt.

Kleidung aus der *Jugendmode* tragen, mit der halb Schwerin herum läuft. Zusammen mit meiner Mutter nähe ich mir deshalb vom T-Shirt bis zur Steppjacke alles selbst, ergattere manchmal aus irgend einem Westpaket eine Jeans oder habe das große Glück, etwas aus dem *Exquisit*[19] geschenkt zu bekommen. Meine Mutter und ich haben zu der Zeit ungefähr die gleiche Schuh- und Kleidergröße und ich darf mich, wenn ich weggehen will, ihrer Garderobe bedienen. Einmal kommt sie mit einem Fledermausärmel Pullover aus dem *Exquisit* nach Hause, den ich natürlich auch gleich mal anprobiere. Wie ich so vor dem Spiegel stehe, mich drehe und herumtanze, das Gesicht verziehe und ein bisschen pose, schaut sie mir bewundernd zu und sagt dann: „Der steht dir viel besser als mir. Behalte ihn!" Da bin ich platt und kann mein Glück kaum fassen. So etwas Tolles hatte niemand in meiner Klasse! Natürlich biete ich ihr an, ihn jederzeit auch tragen zu können, aber ich glaube, sie hat es nie getan.

So lang ich denken kann, spricht sie mir Mut zu, stellt mir aber auch immer kritische Fragen. Wir haben viele Auseinandersetzungen wegen Nichtigkeiten oder manchmal nur, weil wir uns so ähnlich sind. Wir streiten heftig und vertragen uns wieder. Außenstehende können oft nicht verstehen, wie wir wieder zusammen finden. Dabei ist es meist sie, die es schafft auf mich zuzugehen, wenn die Fronten verhärtet sind.

---

[19] Im Exquisit gab es West-Klamotten zu horrenden Preisen.

Später besucht sie mich überall, wo ich gerade bin und interessiert sich immer für mich und mein Leben. Einmal machen wir einen langen Spaziergang durch den Volkspark Friedrichshain in Berlin und fangen an, zweistimmige Lieder zu singen. Wir sind erstaunt, dass uns noch immer alle Texte und Melodien einfallen, obwohl wir schon so viele Jahre nicht mehr zusammen gesungen haben.

Es gibt auch eine Zeit, in der ich unbedingt anders sein will als sie und dann bin ich doch wieder froh, ihr so ähnlich zu sein. Sie hat so viele Facetten. Sie liebt es zu lesen und denkt viel über alles Mögliche nach. Gerechtigkeit und Freiheit sind ihre wichtigsten Werte, weshalb sie mich vielleicht auch nie eingeengt und mich immer ernst genommen hat.

Und dann gibt es da noch etwas, was sie wirklich gut kann: Tarotkarten legen. Weil sie eigentlich immer das passende Blatt zur Situation aufdeckt, das zum Nachdenken anregt, Emotionen frei setzt und auf ein gutes Ende hoffen lässt, schleppe ich auch so manche Freundin zu ihr, um die Karten zu befragen.

…

Nach ein paar Stunden bei meiner Mutter im Garten verabschiede ich mich, denn ich will heute noch mit meinem Vater zum Baumarkt fahren. Ich kraule die Katzen noch einmal ausgiebig zum Abschied, helfe beim Tischabräumen, werfe einen letzten Blick in den schönen Garten und schwinge mich dann auf's Rad.

Ich nehme die Strecke entlang des Ziegelinnensees, wo immer ein angenehmer Wind weht. „Das ist jetzt genau das Richtige", denke ich. Die seit Wochen anhaltende Hitze ist kaum auszuhalten ohne so ein frisches Lüftchen zwischendurch.

Mein Vater

„Toom-Markt, Bauhaus oder Roller?" fragt mich mein Vater, als ich endlich in seinem Auto sitze. „Was weiß ich? Ich kenne mich hier nicht aus, sag Du!" Der Fliesenlegermeister in Pension erklärt mir, während wir zuerst den Toom-Markt ansteuern, wie er es früher gehandhabt hat, wenn er etwas bauen wollte - und er hat wirklich viel gebaut in seinem Leben: „Ich habe mir alles exakt bis auf den Millimeter ausgemessen und genau überlegt, wie viele Schrauben, Dübel, Nägel, etc. ich brauche, bevor ich zur Baustoffversorgung gefahren bin." „Hmmm", sage ich „dann müssen wir wohl noch einmal fahren. Ich habe das jetzt nur so Pi mal Daumen ausgemessen." Ich freue mich, dass mein Vater mir hilft, die noch fehlenden Dinge für meine Wohnung zu besorgen. Er ist der Fachmann und ich bin gut beraten, auf ihn zu hören. Außerdem kennt er sich aus mit dem, was in Schwerin geht und was nicht. Dass es große Unterschiede zwischen Groß- und Kleinstadt gibt, wird mir erst bewusst, als wir durch die Gänge des Baumarktes gehen.

Auch wenn ich so einige Kompromisse machen muss, habe ich doch das Meiste auf meinem Zettel bekommen. Bepackt und völlig durchgeschwitzt fahren wir zurück zu mir. Ich trage alle Sachen inkl. des Werkzeuges, was mein Vater immer im Auto mit sich herumfährt, nach oben. Er muss in jedem Stockwerk anhalten und verschnaufen, weil ihm Übergewicht und Gelenkprobleme zu schaffen machen. Aber er lässt es sich nicht nehmen, mir zu helfen, die Dinge, die wir gekauft haben, auch gleich anzubringen. Es tut mir leid ihn so zu sehen. Wie schwer es ihm fällt, die Stufen hoch zu kommen, wie sehr er schwitzt aber vor allem, wie er innerlich kämpft und verzweifelt darüber scheint, dass er nicht mehr so kann, wie er gern würde.

…

Mein Vater, der Lebemann! Immer adrett und attraktiv, verrückt, übermütig, größenwahnsinnig und agil. Er sieht nicht nur gut aus, mit seinen dunklen Locken und muskulösem Körperbau, sondern macht, wovon andere nur träumen. Er lässt sich durch nichts aufhalten, wenn ihn eine Idee erst einmal so richtig packt. Fällt er hin, steht er wieder auf und probiert etwas Neues oder das Selbe auf eine andere Art und Weise, darin ist er recht kreativ.

Als ich noch ganz klein bin, entdeckt er durch Zufall eine leerstehende Champignon Zucht, eine große Halle mit viel Platz, dem richtigen Klima für die Zucht und sogar einer Maschine, mit der man die geernteten und verarbeiteten Champignons in Dosen konservieren konnte. Der Traum vom Reichwerden durch den Verkauf selbst gezüchteter Champignons, die wie vieles bei uns Mangelware sind, ist geboren. Er macht die Besitzerin ausfindig und will mit ihr über den Verkauf des Gebäudes verhandeln. Doch der Preis, den sie verlangt - die Hälfte der Produktion - erscheint ihm zu hoch[20]. Also sucht er nach etwas Ähnlichem und findet einen herunter gekommenen, ehemaligen Schweinestall mit einem, bis zum Boden

---

reichenden, kaputten Schilfdach. Zusammen mit seinem Bruder, richtet er das Gebäude so gut es geht wieder her und beginnt kurze Zeit später mit der Champignonzucht, von der er eigentlich gar keine Ahnung hat. Die Learning-by-doing-Arbeit nach Feierabend macht den Brüdern viel Spaß, auch wenn es eine ganz schöne Schufterei ist. Das attraktive Geschäft, was sie damit machen (8 Mark pro Kilo!) belohnt sie über mehrere Jahre, bis mein Onkel dann doch lieber studieren geht.

Die schwere Arbeit ist allein nicht zu schaffen, deshalb kauft mein Vater kurzerhand ein paar Schweine und macht das Gebäude wieder zu dem, was es einmal war - einen Schweinestall. Ich darf als Vierjährige die hüfthoch gemauerten und mit Stroh ausgelegten Ställe mit meinem Kinder-Besen ausfegen. Die Schweine, die ungefähr genauso groß sind wie ich, grunzen währenddessen neben mir. Das Aufregendste ist jedoch die Geburt der Ferkel. Die kleinen Dinger sind so niedlich, dass ich sie am liebsten alle mit in mein Bett nehmen und mit ihnen kuscheln will.

Da mein Vater aber noch weniger Ahnung von der Schweine- als von der Pilzzucht hat und diese wohl auch nicht so rentabel ist, wie der Handel mit den begehrten Champignons, gibt er auch diese Freizeitbeschäftigung wieder auf. Er verkauft die Schweine samt Stall und wir ziehen mit der ganzen Familie von der Stadt aufs Land in eine alte Bauern Kate mit herunter gekommenem Schilfdach. Zum alten Haus gehört viel Land. Genug, um darauf ein neues Haus zu bauen und nach Pilz- und

Schweinezucht auszuprobieren, was es heißt, sein eigener Bauherr zu sein, denkt sich mein Vater wohl.

Mitten in der Bauphase, die fünf Jahre andauert, hat er die Schnauze voll. Aber statt alles sofort aufzugeben, wie die Male davor, beschließt er, erst einmal eine lange Reise in den Süden zu machen. Und so geht es in den Sommerferien 1977 nicht wie sonst üblich an die Ostsee, sondern ans Schwarze Meer. Mit unserem Wartburg Kombi folgen wir einem Bekannten meiner Eltern und dessen Familie im Autokonvoi und reisen durch die ČSSR, Ungarn, Rumänien bis nach Bulgarien und sind insgesamt vier oder fünf Wochen unterwegs.

In Prag zieht es uns ins U Flėku, wo es Schwarzbier und Serviettenknödel mit Gulasch gibt und eine Kapelle traditionelle Musik spielt. Auf den Straßen der Stadt erfreuen wir uns an frischen Pfirsichen und warmen Oblaten, die an jeder Ecke feilgeboten werden. Auf dem Rathausmarkt probieren wir zum ersten Mal einen Hot Dog, während sich die Apostel der Astronomischen Uhr bewegen und wir ihnen, wie viele andere Touristen, fasziniert zuschauen. Wir übernachten mal in einer Privatwohnung, mal auf einem Campingplatz, denn die wenigen Hotels im sozialistischen Ausland sind nur für Westbürger, die mit Devisen[21] zahlen können.

Rumänien ist das aufregendste Land für uns alle. Schon an der Grenze ereignet sich etwas Merkwürdiges. Um unser Auto stehen viele Kinder, die fragen: „Kaugummi?

---

[21] Als Devisen bezeichneten wir Währungen, die auch außerhalb der sozialistischen Länter etwas Wert waren (D-Mark, Dollar, Schweizer Fanken).

Zigaretten?" Wir denken zuerst, sie wollen uns etwas verkaufen, bis uns unsere Mutter erklärt, dass die Kinder arm sind und betteln müssen. Das ist völlig neu für uns. Wir sind beschämt und kramen alles zusammen, was wir auf die Schnelle finden können und drücken es unseren Eltern für die armen Kinder in die Hand. Die nehmen es dankbar an und winken uns zum Abschied.

Wenig später im selben Land darf mein Bruder, auf dem Schoß meines Vaters sitzend, den Spielautomaten bedienen. Er zieht mit seinen kleinen Ärmchen und aller Kraft am einarmigen Banditen, bis es „Pling" macht. Plötzlich stehen alle anderen Spieler um uns herum, werden laut, gestikulieren wild mit den Armen und zeigen immer wieder auf den Automaten. Mein Bruder und ich bekommen Angst und auch unsere Eltern sind kurz davor, das Weite zu suchen, als sie endlich verstehen, was uns die Leute sagen wollen: Mein Bruder hatte drei Richtige, nur der Automat hakte. Als der Chef der Kneipe dann ein Mal dagegen tritt, hört er überhaupt nicht wieder auf, Geld zu spucken, so dass jeder von uns mit mindestens zwei Händen voller Kleingeld zum Tresen gehen muss, wo es in Scheine umgetauscht wird. Zur Feier des Tages suchen wir uns ein Restaurant. Das ist gar nicht so einfach, denn davon gibt es nicht viele in Rumänien. Wir bestellen das Teuerste von der Karte und hoffen, dass es auch das Beste ist. Serviert bekommen wir dann eine echte Delikatesse: Hühnersuppe mit Schnabel, Krallen und Hahnenkamm als Einlage. Wir kreischen vor Entsetzen und sehen zu, dass wir auf dem schnellsten Weg weiter kommen Richtung Bulgarien, wo das Schwarze Meer und drei Wochen Campingurlaub auf uns warten.

Urlaub mit unseren Eltern ist immer toll. Mit Ausnahme der großen Reise ins Ausland verbringen wir die Sommerferien meist auf Zeltplätzen und am FKK-Strand der Ostsee oder auf unserem Motorboot mit Kajüte auf dem Schweriner See. An den schönsten Plätzen ankern wir und vertrödeln den ganzen Tag mit baden, sonnen oder lesen. Wir paddeln auf dem Surfbrett unseres Vaters am Ufer entlang und stuken uns gegenseitig unter Wasser. Wenn die Sonne untergeht und die Mücken kommen, wird die Persenning hochgezogen, Kerzen angezündet und *Mensch ärgere dich nicht!* oder *Mau Mau* gespielt bis wir müde in die Koje kriechen und bei leichtem Wellengang sanft einschlafen.

…

Durch meinen Vater, der als einer der wenigen privaten Handwerker mit eigenem Betrieb in der ansonsten volkseigenen Wirtschaft, selbstbestimmt arbeiten und handeln kann, sind wir schon irgendwie privilegiert und erleben neben vielen Reisen auch sonst eine ganze Menge interessanter, abenteuerlicher Dinge in der kleinen DDR. Und weil unsere Eltern unser Leben an ihres anpassen und nicht umgekehrt, sind wir Kinder eben auch überall mit dabei und haben nie das Gefühl, etwas zu verpassen.

Neben Schule, Sport, Arbeitsgemeinschaften und Musik gehören auch die Parties meiner Eltern am Wochenende zu unserem Alltag. Es ist immer sehr aufregend, wenn deren Freunde zum Feiern zu uns kommen. Manchmal dürfen wir einen Begrüßungsdrink für sie mixen und ihn wie echte Kellner, mit weißem Tuch über dem Arm, servieren. Und wir dürfen so lange aufbleiben, bis wir müde sind und von selbst ins Bett gehen. Dann wird die Musik aufgedreht, getanzt, gelacht und geraucht, bis die Bude blau ist. Manchmal weckt uns *„Das Lied vom Tod“*[22], in voller Lautstärke. Dann wissen wir, die Party ist vorbei und die letzten Gäste sind gegangen. Da wir bei dem Lärm sowieso nicht wieder einschlafen können, kriechen wir aus unseren Betten und setzen uns mitten in der Nacht oder auch schon mal bei Sonnenaufgang auf den Schoß meines Vaters und lauschen gemeinsam der Musik bis die Nadel des Plattenspielers ins Leere greift.

Als 13-Jährige bin ich voll in der Pubertät. Ich werde von den Jungs meiner Klasse geneckt und geärgert. Als ich deswegen einmal heulend nach Hause komme, fragt mich mein Vater, was los ist. Ich erzähle ihm, dass mich die Jungs mit Apfelgriebschen beworfen haben. „Wo sind die jetzt?", fragt er und ich antworte, während ich mit dem Finger nach unten auf die Straße zeige: „Sie stehen da unten am *KONSUM*[23]." Da nimmt er mich bei der Hand und geht mit mir zusammen direkt auf die Jungs zu. Mein Herz pocht wie wild, weil ich nicht weiß, was er vor hat. Am *KONSUM* angekommen, verpasst er jedem Jungen, ohne ein Wort zu sagen, einen Tritt in den Hintern. Sie wissen gar nicht, wie ihnen geschieht, wohl

---

[22] Im Original "The man with a harmonica"(Ennio Morricone), Soundtrack des Films „Once upon a time in the west"

[23] Staatliche Einzelhandelsgeschäfte in der DDR, vergleichbar mit den Tante Emma Läden im Westen. Viele ältere Menschen sagen bis heute KONSUM oder KAUFHALLE und meinen damit die heutigen Supermärkte.

aber, womit sie das verdient haben. „Mein Vater verklagt Sie!" schreit einer vor Wut. „Was bist du denn für ´ne Puschmütze[24]?" fragt mein Vater den verdatterten Jungen mit angewiderter Miene, ohne wirklich eine Antwort zu erwarten. „Komm, wir gehen!" sagt er zu mir und nimmt wieder meine Hand. Wir schauen uns verschwörerisch lächelnd an und drehen auf dem Absatz um. Hoch erhobenen Hauptes ziehen wir von dannen und lassen die noch immer fassungslosen Jungs einfach stehen. Nie wieder haben sie mich derart geärgert und eine Klage gab es auch nicht. Dass mein Vater mich so gut raus gehauen hatte, macht mich noch lange sehr stolz.

Er ist es auch, der mir den langsamen Walzer beibringt. Dafür stehe ich auf seinen Füßen, während er mich zu *Adamo's* „Valse d'ete" tanzend durch das Wohnzimmer führt. Es dauert ein bisschen, bis ich es kapiere und ich muss oft die Nadel des Plattenspielers zurück setzen. Aber dann kann ich nicht mehr aufhören, Walzer zu tanzen. Immer und immer wieder durchschreite ich die Räume unserer Wohnung und summe dazu *Adamo's* Lied. Dabei träume ich wohl zum ersten Mal von einem Jungen, der mich liebt und mindestens so gut tanzen kann wie mein Vater.

Nach 15 Ehejahren trennen sich meine Eltern und lassen sich scheiden. Im Februar 1987, mein Vater ist inzwischen ausgezogen, wird er mit der Begründung verhaftet, er sei „bestrebt, in die BRD überzusiedeln", wie es

---

[24] Gängiges Wort bei uns, was alles bedeuten konnte (Angsthase, Schisser, Weichei, Penner, Lusche), nur nichts Gutes.

offiziell im Urteil der Staatsanwaltschaft des Bezirks Schwerin heißt:

Schwerin, 2. Juli 1987

Der Angeklagte ging somit seit diesem Zeitpunkt bis zu seiner Inhaftierung keiner Arbeit mehr nach. Seinen Lebensunterhalt bestritt er mit den vorhandenen Ersparnissen, die inzwischen aufgebraucht sind. Er verfügt aber noch über beträchtliche Vermögenswerte, wie u.a. PKW-Anhänger, Plastesportboot, Bootsanhänger, Heizungsanlage, Möbel mit antiquarischem Wert und Stereoanlage im Gesamtwert von ca. 30.000 Mark.

…

Verurteilt wird er wegen Mittäterschaft begangener Vorbereitung zum ungesetzlichen Grenzübertritt im schweren Fall und Betruges zum Nachteil sozialistischen Eigentums zu einer Freiheitsstrafe von 2 ½ Jahren sowie einer Geldstrafe von 5.000 Mark. Als das Urteil verkündet wird, hat er schon zwei Monate Einzelhaft in Schwerin am Demmler Platz und drei Monate in Karl-Marx-Stadt[25] hinter sich, wo er seine Strafe mit acht weiteren „Politischen" und einem Schwerverbrecher zusammen in einer Zelle absitzt. Am 17. Juli 1987 wird er durch eine Amnestie[26] zur 750-Jahr-Feier Berlins frühzeitig aus dem Gefängnis entlassen und kurz darauf aus der DDR ausgewiesen. Er ist nicht mehr erwünscht.

Von Heimweh geplagt versucht er es zwei Jahre lang als Subunternehmer in Hamburg, mit mäßigem Erfolg.

---

[25] Heutiges Chemnitz

[26] Die BRD kaufte regelmäßig politische Häftlinge und Ausreisewillige frei. Insgesamt sollen so ca. 8 Milliarden DM an die DDR geflossen sein.

Sobald die Grenzen offen sind, kommt er zurück nach Schwerin, um seinen Betrieb wieder aufzunehmen. Immerhin steht er ja noch im Telefonbuch und man kennt ihn und seine Arbeit aus der Zeit vor dem Mauerfall. Das Geschäft läuft daher sehr gut, in Spitzenzeiten hat er wieder einige Angestellte und viele Aufträge. Mit einem davon, einem Millionenauftrag!, schlittert er unverschuldet in die Pleite, weil er vom westdeutschen Bauunternehmer nicht bezahlt wird.

Nach sieben langen Jahren, in denen er sich irgendwie über Wasser hält, ist er endlich schuldenfrei und versucht es noch einmal mit der Selbstständigkeit. Aber die Zeiten haben sich geändert, es gibt mittlerweile zu viele Fliesenleger und er bringt auch nicht mehr die Kraft auf, mit fast 60 Jahren noch einmal ganz von vorn anzufangen. Also arbeitet er bis zur Rente als angestellter Fliesenleger, obwohl ihm auch da schon die Gelenke weh tun.

...

Natürlich ist auch immer viel Schatten, wo viel Licht ist, aber insgesamt denke ich, dass mein Vater unser Leben in der DDR interessant gemacht hat. Er war immer in Bewegung, probierte Vieles aus und hielt uns ganz schön auf Trab mit seinen fixen Ideen, denn wir mussten ja immer irgendwie mitziehen. Aber ohne ihn wäre es sicher nur halb so schön und halb so spannend gewesen. Dafür und dass er sich immer für mich einsetzte, bin ich ihm dankbar, auch wenn wir ab meiner Teenager-Zeit in ziemlich vielen Dingen ziemlich unterschiedlicher

Meinung waren und eher getrennter Wege gingen. Um so schöner ist es, dass wir heute wieder mehr Kontakt haben, einfach weil ich um die Ecke wohne und für ihn da sein kann, wenn er mich braucht.

Leider konnte ich ihn bisher nicht dazu motivieren, sich mehr zu bewegen und täglich wenigstens einen kleinen Spaziergang zu machen. Sein Tag verläuft immer gleich und beinhaltet im Wesentlichen Essen, Schlafen und Fernsehen. Ab und zu liest er noch ein Buch oder wir gehen zusammen mal in der Schulkantine essen. „Ein Höhepunkt für mich ist immer, wenn ich eine Postkarte von dir im Briefkasten finde", sagte er einmal. Seit ich das weiß, schreibe ich ihm ab und zu eine, auch wenn ich gar nicht weggefahren bin, nur um ihm eine Freude zu bereiten.

Obwohl ich hoffe, dass er irgendwann vielleicht doch nochmal die Kurve kriegt, kann ich ihn auch irgendwie verstehen. Wer so viel und so intensiv gelebt und immer wieder von vorn angefangen hat, mehr als zwanzig Mal umgezogen ist, insgesamt drei Häuser gebaut und noch mehr Wohnungen saniert hat, dem geht zum Schluss vielleicht auch irgendwie die Puste aus und es ist ganz normal, keine große Lust mehr zu haben aufs Leben.

Eine Frau würde ich ihm noch wünschen. Eine, die ihn motiviert, sich doch noch mal aufzuraffen, denn wer weiß, vielleicht wird er ja hundert Jahre alt. Bis dahin leisten Tim und ich ihm ab und zu Gesellschaft, spielen Karten oder sitzen vor seinem Kaminofen. Zu Weihnachten kochen wir zusammen und machen es uns gemütlich, holen alte Fotos heraus und lachen über die noch älteren Witze, die wir schon hundert Mal gehört haben.

„Ich bin froh, dass Du wieder in meiner Nähe bist", sagte mein Vater neulich ganz unverhofft. Das hat mich irgendwie glücklich gemacht.

Mein Bruder

Ich sitze in der Hängematte auf meinem Balkon und schwitze, als es an der Tür klingelt. Durch die Sprechanlage meldet sich mein Bruder, der mir die Dokumente, um die ich ihn gebeten hatte, in den Briefkasten werfen will.

„Moment, ich komme kurz runter" rufe ich und laufe hastig die Treppenstufen hinab, um noch kurz seine dritte Tochter Marta zu begrüßen. Die 5-Jährige wird die nächsten Tage bei ihm verbringen. Sie kommt freudestrahlend auf mich zu, umarmt und küsst mich und will, dass ich mit ihr und ihrem großen Bruder Milan Hotdogs esse. Milan ist zwar nicht Tim's Sohn aber er kümmert sich trotzdem gern um den 11-Jährigen und holt ihn, wenn es geht, meist zusammen mit seiner Tochter zu sich. Mit Marta's Mutter ist er seit ungefähr einem Jahr nicht mehr zusammen aber sie teilen sich das Sorgerecht und so ist die Kleine jeweils zur Hälfte bei ihm und bei ihr.

Marta und Milan erzählen mir ihre Erlebnisse der letzten Tage in 30 Sekunden und betteln, dass ich mitkomme, um mit ihnen Hot Dogs zu essen. Darauf habe ich bei der Hitze aber gerade gar keine Lust. „Das nächste Mal", verspreche ich ihnen und verabschiede mich auch schon wieder. Ich liebe solche spontanen, kurzen Begegnungen. Seit ich hier bin kommt es häufig vor, dass ich meinen Bruder oder ein anderes Mitglied meiner Familie zufällig irgendwo treffe oder ich einen Anruf bekomme, um spontan etwas zu unternehmen.

Ich schaue ihnen nach. Mein kleiner Bruder Tim: Ich bewundere und beneide ihn manchmal sogar. Das war schon als Kind so. Er war immer der niedliche Kleine, ich die vernünftige Große. Er wurde auf Anhieb gemocht, ich musste mir die Sympathie immer erst erarbeiten. Er konnte Klavier spielen und Abitur machen, ich nicht. Er war verheiratet und hat drei Kinder, ich nicht. Natürlich ist es Quatsch so zu denken, das macht auch nur mein inneres Kind manchmal. Dann nehme ich es in den Arm und wir erinnern uns an all die schönen Dinge, die ich zusammen mit meinem Bruder erlebt habe.

…

Tim ist sechs Jahre alt und kurz vor der Einschulung, als wir vom Dorf zurück in die Stadt ziehen. Diese plötzliche Umstellung verkraftet er nur schwer und trauert jeden Tag um das Dorfleben, weil er dort alles und jeden kannte, seine Kindergartenfreunde und sein Auskommen hatte. Im Gegensatz zu mir fällt es ihm schwer, sich auf Neues einzulassen aber so nach und nach findet er neue Freunde und gewöhnt sich an das Stadtleben, was auch ein paar Vorteile mit sich bringt.

Er ist „noch jung genug", um am Konservatorium Klavier zu lernen. Für mich ist es mit neun Jahren bereits zu spät[27]. Querflöte will ich nicht, also meldet mich meine Mutter für „Klassischen Gesang" an, was ich ein paar Jahre mache, obwohl es mir nicht sonderlich viel Spaß bereitet, Volkslieder zu singen. Ich wechsle irgendwann

---

[27] Ist aus heutiger Sicht natürlich Quatsch, so waren aber damals die Zulassungsbestimmungen.

zu „Liedbegleitung auf Gitarre" vor allem deshalb, weil ich es meinem kleinen Bruder unbedingt gleich tun und auch sagen will, dass ich ein Musikinstrument am Konservatorium lerne. Richtig wetteifern kann ich mit ihm aber nicht, denn er lernt neben Klavier noch Schlagzeug und Gitarre bringt er sich selbst bei. Der entscheidende Unterschied ist jedoch, dass er viel mehr Talent hat als ich und die Musik scheinbar zum Leben braucht.

Manchmal kommt er von der Schule, wirft seinen Ranzen in die Ecke und setzt sich ans Klavier. Ob ihm Gutes oder nicht so Gutes widerfahren ist, hören wir an der Musik, die er spielt. Von melancholisch bis heiter offenbart er uns seine Stimmung und lässt uns so an seinem Innenleben teilhaben.

Statt die klassischen Stücke zu üben, spielt er viel lieber die Popsongs aus dem Radio nach. Ohne Noten hat er die Melodie innerhalb von Minuten drauf. Ich bin jedes Mal begeistert und habe Mühe, den Text der meist englischen Songs aufzuschreiben[28], damit ich dazu singen kann. Manchmal kommt meine Mutter dazu und versucht eine zweite Stimme, so dass am Ende ein tolles, eigenes Stück draus wird – nur so, für den Moment. Als die Keyboards dann aufkommen, findet auch er irgendwann so ein faszinierendes Ding unterm Weihnachtsbaum und kann seine Songs nun mit Rhythmus begleiten. Dafür himmle

---

[28] Das ging durch Vor- und Zurückspulen der vom Radio aufgenommen Titel auf Kassette. Da wir erst ab der 5. Klasse und dann auch nur rudimentär Englisch lernten, schrieben wir die Texte kurzerhand so auf, wie wir sie hörten: Englisch-Deutsch. Hier ein Beispiel, das ich in meinem Hefter von damals fand: „Yesterday, oh mei trabel siemso far away …"

ich ihn an und bin total stolz auf meinen kleinen, begabten Bruder.

Als ich Roland, einen Möchtegern-Musiker mit vielen Ideen aber ohne musikalischen Hintergrund oder Ausbildung auf dem Rummel[29] kennenlerne, schwärme ich ihm von Tim vor und schleppe ihn irgendwann mal zu Hause an. Da sie sich auf Anhieb verstehen und Roland in Tim endlich jemanden gefunden hat, der seine Ideen umsetzen kann, gründen wir zusammen die Band CBM (Crazy Black Majors). Die selbstgeschriebenen Songs sind eine Mischung aus OMD, Depeche Mode und Anne Clark (Sprechgesang). Zusammen mit den DJ' Udo und Jens von *Panoptikum* gehen Roland, 18; Tim, 13 und ich, 16 auf Tour in Schwerin und Umgebung. Wir stellen uns sogar einer musikalischen Fachjury und absolvieren die sogenannte „Einstufung". Dabei beurteilen sowohl Berufsmusiker als auch Kulturfunktionäre vom *Rat der Stadt* die Qualität der Musik und wie viel Geld wir am Abend für einen Auftritt einnehmen dürfen. Es gibt mehrere Stufen. Wir bekommen die Grundstufe und dürfen somit 4 Mark pro Person und Stunde für einen Auftritt einnehmen.

Wir stehen manchmal vor einem Publikum von mehreren hundert Menschen, z.B. auf dem *Berliner Platz* des Schweriner Neubauviertels *Großer Dreesch*, treten sogar mal als Highlight des Abends im angesagtesten Jugendclub *Jaan Kreuks* auf oder stehen in Rostock, Wismar,

---

[29] Wir nannten den Jahrmarkt mit Fahrgeschäften, Los Buden, Zuckerwatte und kandierten Äpfeln einfach nur Rummel.

Ludwigslust und Wittenberge auf der Bühne. Das Procedere ist immer gleich: Erst spielen die DJ's Musik zum Tanzen, dann kommen wir mit Live-Musik für ca. 20 Minuten, dann wieder die DJ's und dann noch einmal wir. Nach den Auftritten verteilen wir Autogramme auf unserem Bandfoto und irgendwie können wir den Rummel um uns gar nicht so richtig fassen. Da mein Bruder erst 13 und somit minderjährig ist, müssen wir spätestens um 23 Uhr wieder zu Hause sein, was aber kein Problem ist, da die meisten Veranstaltungen zu DDR-Zeiten früh anfangen und dafür eben auch früh enden.

Ich steige irgendwann aus, weil mir zum einen die Musikrichtung nicht so richtig gefällt und sie mir auch gesanglich nicht liegt. Ich mag viel lieber deutsche Songs von Juliane Werding oder Reinhard Mey singen und mich dazu selbst auf der Gitarre begleiten. Das kommt auch immer gut an – allerdings eher am Lagerfeuer als auf der Bühne.

Tim und Roland suchen sich einen neuen Sänger und haben mit ihm zusammen sogar so viel Erfolg, dass sie einen Song fürs Schweriner Radio produzieren dürfen.

…

Nachdem dann auch mein Bruder keine Lust mehr hat auf *Crazy Black Majors* macht Roland allein weiter und richtet sich nach und nach ein professionelles Studio ein, in dem er mehr oder weniger erfolgreich Songs produziert und verkauft. Bis heute sind Tim und er gut befreundet und machen nach wie vor zusammen Musik.

Die Geschichte von CBM hat Tim irgendwann auch mal im privaten Internet Radiosender *Bottom-up Radio* erzählt, wo er mittlerweile regelmäßig und aus Spaß als Moderator tätig ist und seine eigenen Sendungen produziert. Wir planen, auch mal eine Ostalgie-Sendung mit mir als Special Gast zu machen, mal sehen, ob da was draus wird.

„Heute Abend, wenn die Kinder im Bett sind", sagte Tim vorhin noch schnell an der Haustür „moderiere ich wieder. Du kannst mir Deinen Musikwunsch per WhatsApp schicken."

Als ich ihn ein paar Stunden später tatsächlich live moderieren höre, ist das schon ein merkwürdiges Gefühl und ich bin mal wieder voller Bewunderung für meinen Bruder. Er ist nicht nur ein Genie mit einem ausgesprochen guten Musikgeschmack, sondern hat auch eine wundervolle Stimme, die mich über den Äther grüßt und meinen Musikwunsch spielt. „Keine Sendung ohne Depeche Mode und meinen größten Fan, meine Schwester", sagt er und spielt für mich *Dance little Sister* von *Terence Trend d'Arby*.

Glücklich tanze ich durch meine kleine Bude, die nur vom Vollmond erhellt wird, der durch das offene, bodentiefe Fenster scheint.

Zeit, die nie vergeht (Perl)

Unser Haus, was mein Vater von 1975 bis 1980 erbaute, ist immer noch eines der schönsten im ganzen Dorf. Majestätisch thront der Klinkerbau mit Reetdach und Pferdekopf-Giebeln in der Dorfmitte. Friedlich steht es auf einer kleinen Anhöhe aus sattem Grün, eingerahmt von mächtigen, alten Bäumen und angepflanzten Büschen. Gedankenverloren stehe ich vorm Gartentor des heutigen Ponyhofs und erinnere mich an die Zeit in diesem Dorf unweit von Schwerin.

…

Sommer 1975

Meine Eltern sind nicht nur jung und schön, sondern vor allem naiv und unerfahren, was das Dorfleben angeht, als wir in die alte Kate mit heruntergekommenem Schilfdach, riesiger Scheune, Steinfußboden und Plumpsklo ziehen. Im Sommer ist es dort immer zu heiß und im Winter immer zu kalt. Dennoch lieben wir das „Alte Haus", wie wir es nennen. Gleich dahinter bauen wir das „Neue Haus" und verwenden dafür teilweise die alten Steine und Balken der Kate, bevor sie am Ende endgültig abgerissen wird.

Zum „Alten Haus" gehören mehrere Hektar Land. Das meiste davon hat mein Vater an Bauern aus dem Dorf verpachtet, uns bleiben ein riesengroßer Garten und eine Obstwiese, auf der wir im Sommer genügend „Auslauf" haben. Wir vergnügen uns in der Hängematte, klettern auf Bäume, verstecken uns oder bauen Höhlen mit Geheimgängen.

Es gibt aber auch Pflichten. All die Beeren und Früchte wie Stachel- und Johannesbeeren, Äpfel, Kirschen, Pflaumen oder Birnen müssen geerntet werden, damit unsere Mutter sie einwecken oder Marmelade daraus kochen kann. Sie bindet uns, wenn es so weit ist, einen kleinen Korb vor den Bauch und schickt uns raus in den Garten oder auf die Obstwiese, um ihn zu füllen. Das macht sogar einigermaßen Spaß, denn wir necken uns zwischendurch und naschen so viel wir können. Laub harken und Unkraut zupfen ist dagegen nicht sonderlich angenehm, weshalb wir allerlei Ausreden suchen, aber letztlich nicht um die Gartenarbeit herumkommen. Am Ende eines solchen Tages und dem gemeinsamen Arbeitseinsatz macht mein Vater ein großes Feuer und verbrennt das Unkraut darin. Wir stehen dann immer mit leuchtenden Augen davor oder hüpfen wie Rumpelstilzchen um das Feuer und kokeln mit allerlei Stöcken, bis es gefährlich wird und wir aufhören müssen.

Ich habe besonders viel Spaß daran, todesmutig über die heiße Glut zu springen. Immer und immer wieder bewältige ich meine selbst erdachte Mutprobe, bis ich einen komischen Schmerz an meinen Waden spüre. Als ich auf dem Schoß meiner Mutter die Hosenbeine hoch ziehe, riecht es verdächtig nach verbranntem Fleisch. Die Nylon-Strümpfe, die ich anhabe, kleben an meiner Haut. Erst als ich das sehe, fange ich an zu heulen und suche Trost in den Armen meiner Mutter. Dank *Panthenol Spray* verheilt alles wieder schnell.

Beim unvorsichtigen Umgang mit unserem Hund *Dämon vom Birkensturm*, einer Deutschen Dogge, kann aber auch *Panthenol Spray* die bleibende Erinnerung in Form einer kleinen Narbe an meiner Unterlippe nicht verhindern. *Dämon* ist genauso groß wie ich. Wir sind quasi auf Augenhöhe und eigentlich kann ich alles mit ihm machen, außer ihn beim Fressen stören. Das weiß ich natürlich nicht als 5-Jährige oder ich habe es vergessen. Jedenfalls finde ich es wohl lustig, dem Rüden, am Schwanz zu ziehen, während er frisst und zack, dreht der sich um und beißt mir durch die Unterlippe. Der Schreck ist größer als die Wunde selbst, vor allem der meiner Mutter. Nachdem sie unser „Allheilmittel" drauf gesprüht und sich vergewissert hat, dass nichts mehr weh tut, schickt sie mich sogar zum Wandertag mit der Schulklasse in den Wald.

…

Winter 1978/79

Winter im Dorf ist, wenn die Fenster zu- und die Wasserleitungen eingefroren sind, wir mit Schlitten oder Gleitschuhen zur Schule und zum Kindergarten fahren können oder manchmal gar nicht erst vor die Tür kommen, weil ein Schneeberg unsere Eingangstür versperrt. 1978/79, dem Jahrhundert Winter ist unser Dorf komplett eingeschneit und von der Welt abgeschnitten. Wir bekommen frische Kuhmilch und Eier direkt von den Bauern, denn im *KONSUM* gibt es nichts mehr zu kaufen. Einen eigenen Bäcker hat unser Dorf nicht und so macht sich mein Vater, als wir nichts mehr zu essen haben, zu Fuß auf den Weg in die Stadt. Er spannt unseren *Dämon* vor den Schlitten, setzt uns Kinder hinten drauf und los geht's. Dick eingemummelt, aufgeregt und in Abenteuerlaune winken wir unserer Mutter, die inständig hofft, dass wir heil wieder zurück kommen und genug zu essen mitbringen. Links und rechts neben der Straße, auf der natürlich kein Auto mehr fährt, türmt sich meterhoch der Schnee von den Räumfahrzeugen. Es ist wirklich ein außergewöhnliches, einmaliges Erlebnis.

Fernsehen gibt es bei uns nicht. Meine Eltern schaffen die Glotze ab, weil der Bau des Hauses und die Gartenarbeit viel Zeit beanspruchen und sie befürchten, dass wir durch Fernsehen nur abgelenkt werden und zu nichts kommen. Als 7-Jährige kann ich das natürlich nicht nachvollziehen, denn all meine Klassenkameraden kennen das westdeutsche Fernsehprogramm auswendig, nur ich kann nicht mitreden und hasse meine Eltern dafür, dass sie mich dadurch noch mehr zum Außenseiter machen, der ich ohnehin schon bin.

Als Zugezogene werden wir von den Dorfbewohnern beäugt, beneidet und wahrscheinlich sogar verachtet, denn wir haben vieles, was sie nicht haben und machen keinen Hehl daraus, ganz im Gegenteil. Besonders mein Vater findet es toll, sich von den Dorfbewohnern abzugrenzen und mit materiellem Wohlstand anzugeben. Ein reetgedecktes, vollständig geklinkertes Haus kann sich kaum jemand leisten und selbst wenn, so ist es fast unmöglich, so viele Klinkersteine vom VEB Baustoffversorgung zu bekommen, dass man ein ganzes Haus davon mauern kann. „Mitleid bekommt man umsonst, Neid muss man sich erarbeiten!" ist der Lieblingsspruch meines Vaters. Durch seine Beziehungen als selbstständiger Fliesenlegermeister gelingt es ihm, Unmögliches möglich zu machen und das muss dann natürlich auch gezeigt werden.

Meiner Mutter sind materielle Dinge nicht so wichtig und die Angeberei meines Vaters ist ihr eher peinlich. Dennoch fällt es auch ihr schwer, sich in die Dorfgemeinschaft zu integrieren. Als selbstbewusste, hübsche junge Frau wird sie sowohl von den Männern als auch den Frauen im Dorf beäugt - nur eben aus zwei unterschiedlichen Gründen.

Vor allem die Feten meiner Eltern, zu denen sie manchmal auch Bekannte aus dem Dorf einladen, geben Anlass für Gerüchte, Getuschel und Gerede, dem ich als Kind in der Schule, im KONSUM oder ganz direkt und unverhohlen auf der Straße ausgesetzt bin. Manchmal kränkt mich, was sie sagen, manchmal macht es mich traurig oder wütend aber manchmal bin ich auch stolz darauf, dass wir eben nicht so sind wie sie.

…

Ich stehe immer noch vor dem Gartentor. „Soll ich oder soll ich nicht?" Ich gebe mir einen Ruck und öffne die Pforte, um auf dem gepflasterten Weg zur Eingangstür zu gelangen. Noch einmal ein kurzes Zögern, dann klingle ich einfach an der Haustür, die immer noch an der gleichen Stelle ist, wie damals. Eine Frau, etwas jünger als ich, macht nach ein paar Minuten, in denen mir vor Aufregung das Herz bis zum Hals schlägt, die Tür auf und zwei Hunde springen mir freudig bellend entgegen. Ich bin von den Hunden so abgelenkt, dass ich Mühe habe, mich vorzustellen. „Ich bin Jule", sage ich „mein Vater hat dieses Haus vor mehr als 40 Jahren gebaut und ich wollte mal fragen, ob ich mir anschauen kann, was daraus geworden ist?" Überrascht und vielleicht auch ein bisschen überrumpelt ob meiner Spontanität stellt sich die Frau als Astrid vor und entschuldigt sich für die Hunde. Nach kurzem Zögern lässt sie sich auf meine Bitte ein und geht mit mir um das Haus in den Garten. Ich erzähle ihr, wie es früher aussah, woran ich mich noch erinnere und was wohl erst nach dem Verkauf des Hauses 1980 und unserem Wegzug entstanden sein muss. Wir stehen auf der Anhöhe und ich blicke auf die damalige Obstwiese, auf der jetzt sechs Pferde stehen und grasen.

…

Da hinten steht mein lebensgroßes Puppenhaus. Mein Vater hat es mir aus Brettern, die für das „Neue Haus" nicht mehr zu gebrauchen waren, gebaut. Meine Mutter und ich nähen Gardinen und Kissenbezüge und ich darf sogar ein bisschen Geschirr mit in mein Häuschen nehmen. Es dauert eine ganze Weile, bis alles fertig ist und ich dort endlich mit meinen Puppen und meiner besten Freundin spielen kann. Es ist unser Versteck, wenn die Jungs uns ärgern, unser geheimer Treffpunkt und unsere Schatzkiste. Hier bewahren wir wichtige Dinge auf und spielen mit unseren Puppen. Manchmal dürfen wir sogar dort übernachten, dann erzählen wir uns Gruselgeschichten und beobachten die Sterne am nachtschwarzen Himmel.

Als ich aus dem Familienurlaub am Schwarzen Meer zurück komme, ist von meinem geliebten Puppenhaus nichts mehr übrig. Es wurde mutwillig abgebrannt und alle Dinge, die vielleicht noch etwas wert waren, geklaut. „Wer macht so etwas?", höre ich meine Mutter fragen, während ich in Tränen aufgelöst vor dem verkohlten Haufen knie und nicht glauben kann, was ich sehe. Sie versucht mich zu beruhigen und zu trösten, verspricht mir, dass wir den Brandstifter finden und dass er bestraft wird[30].

…

„Wie geht es Dir, wenn Du das hier alles siehst?" werde ich von der jetzigen Besitzerin des Hauses gefragt und damit aus meinen traurigen Gedanken gerissen. Ja, wie geht es mir, das frage ich mich selbst. Ich empfinde eigentlich nichts Besonderes, freue mich aber über die Ponys und dass der Garten so schön geworden ist. Das sage ich ihr und plötzlich kommt mir eine Idee: „Sag mal, brauchst Du vielleicht noch Hilfe? Ich habe gerade nichts zu tun und könnte mir vorstellen, dass mir die Arbeit mit den Pferden nicht nur Spaß macht, sondern mich vielleicht auch erdet." Astrid ist zwar ein bisschen verwundert, freut sich aber über meine Idee und wir geben uns die Hand, um den „Deal" zu besiegeln. Ab der nächsten Woche komme ich montags und donnerstags zum Abmisten, Füttern und Pferde von der Weide holen. Dafür kann ich reiten und mir so viel Pferdemist für den Garten meiner Mutter mitnehmen, wie ich will oder mir den Bauch mit Früchten von der Obstwiese vollschlagen.

---

[30] Wir haben ihn nie gefunden.

Ich fahre freudig gestimmt zurück nach Schwerin und denke: „Wer weiß, was sich daraus noch ergibt. Vielleicht treffe ich den ein oder anderen Bekannten, vielleicht habe ich auch noch mal die Möglichkeit, das Haus von innen zu sehen." Astrid ist mir von Anfang an sympathisch und ich freue mich, ihr helfen zu können.

…

Nachts wache ich schweißgebadet und angsterfüllt auf und muss mich erst einmal beruhigen. Der Besuch im Dorf bleibt doch nicht so ganz ohne Folgen. Er ist Auslöser für einen Albtraum. Mein Herz klopft, ich atme schwer und kann meine Gefühle gar nicht einordnen.

Ich habe es lang vergessen oder verdrängt. Die Erinnerung an jenen Tag im Sommer 1979, kurz vor den großen Sommerferien. Im Traum durchlebte ich ihn noch einmal. Vielleicht war es kein Zufall, dass es mich so kurz nach meiner Rückkehr ins Dorf zog und vielleicht ist es auch kein Zufall, dass ich das Bedürfnis habe, mich genau dort, wo ich Opfer einer gemeinschaftlich geplanten Entführung wurde, nützlich machen und mich erden will.

…

Sommer 1979

Der Unterricht ist für heute beendet. Es ist Sommer und die acht Wochen Ferien, auf die wir uns alle schon so freuen, stehen vor der Tür. Eigentlich hat keiner mehr so richtig Lust auf Schule. Ich packe meinen Ranzen und mache mich zusammen mit zwei Schulfreundinnen aus meiner Klasse 2a auf den Weg nach Hause. Unterwegs reden sie davon, dass sie nachher am Fuchsberg spielen wollen und ich unbedingt mitkommen soll. Ich freue mich, wundere mich aber auch ein bisschen, denn bisher war ich ausgeschlossen aus der Clique, die sich regelmäßig am Fuchsberg trifft.

Am „Alten Haus" angekommen hole ich den Schlüssel raus, der um meinen Hals hängt, schließe die Tür auf und bitte meine Mitschülerinnen herein. Niemand ist zu Hause. Meine Eltern sind arbeiten und mein Bruder ist noch im Kindergarten. Neugierig schauen sich die Mädchen um und ich kann mir vorstellen, dass das, was sie hier vorfinden, anders ist als das, was sie aus der Neubauwohnung ihrer Eltern kennen. Es gibt keine Schrankwand, keinen Fernseher und auch nicht den typischen DDR-Couch-Tisch, den man mit einer Kurbel hoch und runter stellen kann. Unser Haus ist, obwohl von außen alt und herunter gekommen, sehr modern und individuell eingerichtet. In der Küche steht neben dem Herd aus den 50ern, den man noch mit Holz befeuern muss, ein großer runder Holztisch mit Glasplatte. Im Wohnzimmer befindet sich ein alter Kachelofen, doch das Mobiliar drum herum ist eine Mischung aus antik und modern. Reproduktionen von alten Künstlern an den Wänden und überall Bücher und Platten. Ich sehe in vier große, staunende Augen, doch dann drängeln sie und wollen los zum Fuchsberg, wo die anderen schon auf uns warten. Als wir ankommen und so von oben ins Tal mit der großen, schönen Eiche schauen, habe ich ein komisches Gefühl. Hatten die beiden nicht gesagt, die anderen warten dort, um gemeinsam zu spielen? Ich sehe aber niemanden und bin skeptisch. „Los komm!", sagen meine Schulkameradinnen und zerren

mich am Arm. „Die anderen kommen bestimmt gleich." Ich
gehe mit, bleibe wachsam, frage aber nicht weiter nach.

…

Heute ist mir klar, dass ich damals gegen meinen Instinkt
handelte, der mir sagte: „Renn weg!" Zu dem Zeitpunkt
hätte ich, was dann geschah noch verhindern können.
Aber hätte, wäre, könnte. Ich war acht Jahre alt und ver-
traute meinen Mitschülerinnen, die ich sogar Freundinnen nannte, nicht wissend, dass sie mein Vertrauen miss-
brauchen und mich verraten und ausliefern würden.

…

Im Tal angelangt werde ich plötzlich überfallen. Kinder aus
unterschiedlichen Klassenstufen meiner Schule sowie Mit-
schüler meiner eigenen Klasse springen aus den Büschen und
rennen auf mich zu. Insgesamt sind es 10 oder 15 Kinder. Ich
bin so überrascht, dass ich mich nicht rühren kann und gar
nicht erst versuche, zu fliehen. „Vielleicht gehört das ja zum
Spiel", denke ich und lache noch, als sie mich fesseln und zum
Baum führen. Sie binden mich fest und reißen mir die Klamot-
ten vom Leib. Ich fange an zu schreien und strample wie wild
mit den Beinen, weil mir plötzlich klar wird, dass das hier kein
Spiel mehr ist. „Wenn du dich wehrst, spucke ich" sagt einer,
der über mir im Baum sitzt. Ich verstehe nicht, was das soll,
was sie von mir wollen oder warum sie das tun. Alle Augen
sind auf mich gerichtet. Gesagt wird wenig. Ich spüre Scha-
denfreude und Lust an mir als Opfer, aber einen Plan scheinen
sie nicht wirklich zu haben. Dann kommt einer auf die Idee aus
Hagebutten Juckpulver zu machen, indem sie die Frucht öff-
nen. Den Inhalt verteilen sie auf meinem Körper, um mich zu

quälen. Ich weine bitterlich und schreie immer wieder „Hört auf! Bitte hört auf! Lasst mich gehen!" Sie lachen nur und machen weiter. Ich weiß nicht, wie lange das so geht, Minuten werden zu Stunden. Endlich lassen sie mich frei. Unter Tränen sammle ich meine Sachen ein, ich habe Schwierigkeiten, mich anzuziehen, denn alle sehen mir dabei zu. Aus Angst, sie vielleicht noch einmal zu provozieren, versuche ich mich im Gehen anzuziehen, was nicht funktioniert. Ich falle andauernd hin und lasse es dann einfach. Halb angezogen renne ich so schnell ich kann nach Hause. Hastig schließe ich die Tür auf und gleich wieder zu, als ich drinnen, in Sicherheit bin. Es ist immer noch niemand da, also verkrieche ich mich im Sessel, stelle mich tot und warte, bis meine Eltern nach Hause kommen.

Dann erzähle ich ihnen alles! Sie sind genauso betroffen wie ich. Sie versuchen, mich zu trösten, indem sie versprechen, etwas zu unternehmen. Am nächsten Tag gehen sie zum Direktor der Schule, schildern den Vorfall und verlangen, dass die beteiligten Kinder zur Rechenschaft gezogen werden. Das bedeutete: eine Betragens-Zensur schlechter und ein entsprechender Eintrag auf dem Zeugnis. Als das bekannt wird, gibt es einen regelrechten Aufstand der betroffenen Eltern, die bis zu uns nach Hause kommen, um sich zu beschweren. Ich verstehe die Welt nicht mehr. Mein Gerechtigkeitssinn sagt mir, dass man für so eine Tat bestraft werden muss, doch das Verhalten der Erwachsenen entspricht dem ganz und gar nicht. Sie geben sogar mir die Schuld und sind sauer, weil der Direktor der Schule die von meinen Eltern geforderte „Strafmaßnahme" tatsächlich durchsetzt.

Ich versuche, die Sache zu vergessen und wieder Frieden zu finden, doch es gelingt mir nicht. Ich bin verunsichert, kann *kein Vertrauen mehr aufbauen und werde dieses Gefühl von Scham und Schuld einfach nicht los. Zum einen, weil mich einige meiner Schulkameraden nackt gesehen und erniedrigt hatten, zum anderen, weil ich lange danach noch glaube, es vielleicht sogar verdient zu haben. Ich hätte gern gewusst, wie es wirklich war und warum sie es taten, aber wen sollte ich danach fragen? Seit diesem Ereignis fühle ich mich nicht mehr wohl in diesem Dorf und bin froh, als wir ein Jahr später das gerade erst fertig gestellte „Neue Haus" verkaufen und in die Stadt Schwerin ziehen, denn dort weiß niemand, was hier geschah.*

…

Das ist jetzt 40 Jahre her und Vergangenheit. Aber heute Nacht ist dieses traumatische Erlebnis für mich wieder so präsent, als wäre es eben erst passiert. Ich spüre, wie mein Inneres vibriert und fange an zu zittern. Immer wieder drängt sich mir auch heute noch die Frage nach dem Warum auf. Wahrscheinlich, so schlussfolgere ich, wird es darauf nie eine ehrliche oder befriedigende Antwort geben. Kinder können grausam sein. Wenn sie ein Opfer suchen, finden sie eins und manchmal steckt gar kein tieferer Sinn dahinter.

Aus dem Warum wird im Morgengrauen so langsam ein Wie. Wie kann ich dieses Erlebnis verarbeiten, ohne zu wissen, warum es geschah? Ich stehe auf, mache mir einen Kaffee, schiebe meinen kleinen Tisch direkt ans offene Balkonfenster, sodass ich sehen kann, wie der Tag beginnt. Dann fange ich an zu schreiben, über die Zeit, die nie vergeht, bis die Sonne hoch am Himmel steht.

Was wird morgen sein? (Magdeburg)

Der Blick von meinem Balkon über die Stadt wird mir nicht langweilig, denn er ist jedes Mal anders. Heute schieben sich die schönsten Wolkenformationen von links nach rechts, wir haben Ostwind. Die Sonne scheint wieder herrlich und versucht im Zusammenspiel mit dem Wind meine letzten trüben Gedanken einfach in Luft aufzulösen und meinen Kopf leer zu fegen. Ich gebe mich der Gedankenlosigkeit hin, mache mir noch einen Kaffee und träume mit offenen Augen vor mich hin, bis mich mein schlechtes Gewissen plagt und die Gedankenmaschinerie wieder anwirft: „Was soll ich bloß tun? Wie soll ich meinen Lebensunterhalt verdienen? Was, wenn es hier wirklich keine Jobs gibt? Kann ich überhaupt noch 40 Stunden die Woche als Angestellte arbeiten? Was kann ich? Was will ich? Wer braucht mich?"

Noch bekomme ich Arbeitslosengeld, aber was ist danach? Bedingungsloses Grundeinkommen gibt es ja leider noch nicht. Selbstständig oder angestellt? Frei aber unsicher oder fremdbestimmt und einigermaßen abgesichert? „Am liebsten beides", denke ich „angestellt UND selbstbestimmt, das wäre toll." Aber wo und wie finde ich dieses UND?

Ich werde später darüber meditieren. Jetzt bin ich erst einmal mit Anke, einer Change Management Trainerin verabredet, die ich über meinen langjährigen Job beim Medienkonzern kenne. Sie ist schon vor ein paar Jahren nach Schwerin gezogen, ein Schritt, den sie bis heute nicht bereut, ganz im Gegenteil.

Wir haben uns in der *Rösterei Fuchs* am Markt verabredet. Ich bin schon ein bisschen früher da und suche uns draußen einen Tisch, an dem man gut sitzen aber auch gut schauen kann, denn ich mag es, dem Treiben der Stadt und den Menschen zuzuschauen. Nach einer Weile erkenne ich sie schon von weitem in ihrem roten Sommerkleid. So auffällig kleidet sich hier kaum jemand, da fällt so ein Farbtupfer gleich ins Auge. Wir hatten uns lange nicht gesehen und so erzähle ich ihr erst einmal, wie ich überhaupt auf die Idee kam, wieder nach Schwerin zu ziehen, warum ich nicht mehr im Konzern arbeite und wo ich jetzt beruflich und privat gerade stehe.

…

Berlin, im März 2016

„Ich wechsle die Abteilung", sagt meine Chefin am Telefon. „Eigentlich wollte ich es Dir persönlich sagen", höre ich sie am anderen Ende der Leitung, während es in meinem Kopf rattert und pocht. Ich habe heute Homeoffice und bereite gerade einen internen Workshop vor. Die Nachricht trifft mich wie ein Schlag und verursacht eine regelrechte Schockstarre. „Verraten und verkauft!" ist das Erste, was mir durch den Kopf, oder besser gesagt durch den Bauch schießt. Ich kann mir einfach nicht erklären, wie jemand, der mir jahrelang den Rücken frei hält von Konzernpolitik, damit ich meine Arbeit gut machen kann, mich so plötzlich zurück lässt? Sie stellte sich immer schützend vor mich, wenn etwas nicht regelkonform ablief und war genau wie ich der Meinung, dass das Ergebnis und nicht der Weg dorthin zählt. Sie versucht mich zu beruhigen, erklärt mir ihre guten Gründe und ermutigt mich, das Gute in der Misere zu sehen. Aber der Schock sitzt mir tief in den Knochen und sollte noch lange anhalten.

Im Gespräch mit dem neuen Boss am nächsten Tag, erfahre ich, wie der Hase ab sofort laufen soll: Von meiner Selbstverantwortung und Selbstorganisation zurück ins operative Geschäft. Keine Beförderung, keine Gehaltserhöhung, keine Motivation. Das Qualifizierungsprogramm, was ich selbst entwickelt und mehrere Jahre geleitet habe und weswegen ich von München nach Berlin kam, soll nun jemand anderes übernehmen. Ich höre mir alles in Ruhe an, frage noch einmal nach, um sicher zu gehen, dass ich auch alles richtig verstanden habe, dann drehe ich mich um und gehe. Intuitiv weiß ich, dass die Tage gezählt sind, die ich hier noch verbringen werde und dass es Zeit wird für mich zu gehen. 16 Berufsjahre im Medienkonzern, die für mich verbunden sind mit Schweiß und Tränen, vielen Überstunden, guten Ideen, Erfolgen und Anerkennung, Kollegen, die mir ans Herz gewachsen sind und vor allem meinen „Schützlingen", deren Lobbyist ich war, gehören schon jetzt der Vergangenheit an.

Im Sprechzimmer meiner Hausärztin breche ich zusammen und in Tränen aus. Ich weiß gar nicht wohin mit mir aber vor allem nicht, woher das so plötzlich kommt. Sie versucht mich zu trösten, reicht mir ein Kleenex und zieht mich erst einmal aus dem Verkehr, damit ich zur

Ruhe kommen kann. Was dann folgt, während ich parallel um einen guten Ausstieg bemüht bin, wirft mich total aus der Bahn: Viele Wochen Husten und totale Erschöpfung, Konzentrationsschwäche, Schlaflosigkeit und innere Unruhe. Dazwischen Panikattacken und viele Ängste, von Versagens- über Existenz- bis hin zu Todesangst. Häkeln ist das Einzige, was mich beruhigt und mich Masche für Masche wieder gesund werden lässt.

Ich dachte, mit dem Aufhebungsvertrag und der Abfindung ist alles überstanden und ich kann neu durchstarten. Mit meiner Berufserfahrung, meiner Business Trainer Ausbildung und meiner eigenen Marke will ich mich nun endlich selbstständig machen. Aber Pustekuchen, ich bekomme einen Hexenschuss und kurz danach einen Bandscheibenvorfall. Der plötzliche Wegfall des Jobs, der mir Sicherheit und Stabilität gab und über den ich mich all die Jahre definierte, vermutlich auch, weil ich weder Familie noch Kinder habe, zieht mir im wahrsten Sinne des Wortes den Boden unter den Füßen weg. Hinzu kommt, dass ein Aufhebungsvertrag, ob man ihn nun selbst initiiert hat oder nicht, immer am Selbstwert kratzt und es mitunter lange dauert, bis so etwas verarbeitet ist.

Ich versuche all das zu akzeptieren und dranzubleiben, lese viel und bin wieder einmal dankbar für unser Gesundheitssystem sowie meine Freunde und Familie, die mich in dieser schlimmen Zeit unterstützen, so gut es geht. Ich bekomme Krankengeld, Kuraufenthalte, Physio- und Psychotherapie, Arbeitslosengeld und sogar eine Weiterbildung, so dass ich mich nach zehn langen

Monaten wieder stark und fit fühle, um mich nun endlich selbstständig zu machen.

Auf der Suche nach dem ersten Kunden passiert etwas unerwartet Schönes: Mein Gesprächspartner engagiert mich nicht als freiberufliche Business Trainerin, sondern stellt mich gleich fest an und gibt mir einen tollen ersten Kunden. Mein Selbstbewusstsein ist wieder hergestellt und so starte ich nach mehr als einem Jahr ungewollter „Auszeit" meinen neuen Job in einem Startup mit zwanzig, zum größten Teil sehr viel jüngeren, Kolleginnen und Kollegen. Mutig stelle ich mich den Herausforderungen und weiß manchmal abends nicht mehr, wo vorn und hinten ist. Das Trainieren macht mir viel Spaß und ich kann viele praktische Erfahrungen mit Kunden sammeln. Leider werden im Laufe der Zeit die Trainingseinheiten immer weniger und der Druck, das Startup trotzdem irgendwie zum Laufen zu bringen immer größer. Meine Kollegen arbeiten bis spät in die Nacht und ich habe ein schlechtes Gewissen, weil ich da nicht mehr mithalten kann oder will. Schweren Herzens entscheide ich mich, auch meiner Gesundheit zuliebe, auszusteigen.

…

Ich packe also wieder einmal meine Koffer und nehme mit: Dankbarkeit dafür, dass ich in einem wirklich innovativen Startup sehr flexibel und mit ganz vielen tollen, jungen Menschen arbeiten durfte. Eine fortwährende Freundschaft zu Lea, meiner dortigen Kollegin und die Erkenntnis, dass Verhaltensänderung sehr viel Zeit braucht sowie viel Arbeit nicht immer auch viel Erfolg bedeutet. Ich lasse da: den typischen Startup-Stress durch unüberlegtes, hektisches, nicht agiles Handeln und den Erfolgsdruck.

Meine innere Balance ist durch den Weggang wieder hergestellt aber wie soll es nun weiter gehen? Meine Wohnung kann ich mir nur durch gelegentliche AirBnB-Vermietung leisten und zum ersten Mal frage ich mich, ob Berlin überhaupt noch der richtige Ort für mich ist. Ich sehne mich nach Sicherheit und Geborgenheit. Mir fehlt meine Familie.

…

„Und so entschied ich mich, zurück nach Schwerin zu gehen. Erstmal auf Probe aber nach den paar Wochen hier, glaube ich nicht, dass ich wieder zurück gehen werde. Mal sehen, was hier so auf mich wartet. Ich bin gespannt und verängstigt zugleich. Es ist natürlich immer noch alles unsicher", höre ich mich sagen.

„Das ist ganz normal", sagt mir Anke, die sich auskennt mit Change Prozessen, „das Alte ist vorbei aber das Neue ist noch nicht da. Damit das Neue aber gut werden kann, braucht es jetzt diesen Prozess der Unsicherheit mit allem, was dazu gehört. Wenn du ihn zulässt, stärkt er dich und gibt dir viel Selbstvertrauen und Kraft. Lass dich jetzt nicht verunsichern. Schau dich um, nimm wahr, was schon da ist und nutze die Zeit, um dich auf das, was kommt, vorzubereiten!"

Ihre Worte bringen mich zum Nachdenken und heben meine Stimmung. Tatsächlich habe ich mich auch hier schon wieder gut vernetzt, engagiere mich in einigen Initiativen der Stadt und bin mit mehreren Kunden zum Thema Business Training & Coaching im Gespräch. Es dauert nur alles so lange und meine Geduld wird gerade sehr auf die Probe gestellt.

Mich mit jemandem aus meinem alten Umfeld zu treffen, war auf jeden Fall eine gute Idee. Menschen, die inspirieren und mir das Gefühl geben, genau dort richtig zu sein, wo ich bin, tun mir gut. Und sie hat recht, es ist wirklich eine Kunst, loszulassen und sich dem Leben hinzugeben.

Meine Gedanken wandern zu meinem Lieblingsthema Agilität, bei dem es auch ums Loslassen geht. Ich habe mir dieses Thema nicht umsonst ausgesucht und auf die Visitenkarte geschrieben. Es passt einfach gut zu mir, denn ich versuche, jeden Tag selbst ein bisschen agiler zu sein. Es ist, wie alles im Leben, eine Frage der Übung. Damit ich jeden Tag aufs Neue daran erinnert werde und üben kann, hängt in meinem Badezimmerschrank ein Post-it auf dem steht:

ICH LASSE LOS
UND VERTRAUE
IN DEN FLUSS
DES LEBENS

Als ich wie ein Vogel war (Renft)

Heute kommen Suse und ihr Freund Ulf zu Besuch. Ich habe beide zum Champagnertrinken auf meinem Balkon eingeladen, denn ich will mich bei ihnen bedanken. Zum einen dafür, dass Suse mir die schöne Wohnung klar gemacht und ihr Sohn mir beim Hochschleppen meiner Sachen geholfen hat und zum anderen, weil mir Ulf mein uraltes Kettler-Alurad reparierte, was ich mir vor fast 30 Jahren in Hamburg für 50 D-Mark gebraucht gekauft hatte. Jetzt funktioniert es wieder einwandfrei und ich benutze es für alles, was ich in Schwerin so zu erledigen habe.

Wir sitzen auf den roten kunstlederbezogenen Stühlen aus geschwungenem Metall mit weißem Plasteüberzug. Zu DDR-Zeiten fand man sie in jeder Eisdiele und ich bin sehr stolz auf diese Original-Sitzgruppe aus den 50ern, zu der noch eine kleine Bank gehört, die aber noch in Berlin steht. Seit Jahren schleppe ich sie von Wohnung zu Wohnung, entsprechend abgebröckelt sieht sie nun auch schon aus. Die passenden Plaste-Eisbecher in Gelb, Orange und Ocker mit weißem Rand sowie den Sahnesyphon hatte ich auch schon bereitgestellt, denn gleich sollte es, in Erinnerung an alte Zeiten, einen *Schweden Eisbecher*[31] geben.

Suse amüsiert sich. „In Schwerin", so versichert sie mir, „würde sich niemand solche Stühle kaufen, geschweige

---

[31] Vanille Eis mit Apfelmus, Eierlikör und Sahne. Haben wir auch als Kinder gegessen.

denn auf den eigenen Balkon stellen." Ich versuche ihr klar zu machen, wie die Lage in Berlin ist. Dort gibt es nämlich immer noch genügend ostalgische Menschen wie mich, die irre viel Geld für solche - zugegeben, weder praktisch noch schönen – DDR-Überbleibsel ausgeben. Immerhin haben sie mittlerweile Seltenheitswert, so wie mein Kettler-Alurad, ich stehe eben auf alte Sachen.

…

Schwerin, Sommer 1980

Hals über Kopf – so kommt es mir jedenfalls vor – ziehen wir in den Sommerferien vom Dorf, wo ich meine ersten drei Schuljahre verbringe, nach Schwerin in die Stadt. Für mich ein Segen nach meinen Erlebnissen mit den kleinen und großen Dorfbewohnern. Ich fühle mich wieder frei wie ein Vogel, der seine Flügel ausbreiten kann, um mit voller Kraft, und nicht mit angezogener Handbremse, loszufliegen. Alle Ängste, alle Sorgen hatte ich einfach dort gelassen und freute mich nun auf die neue Schule, direkt gegenüber unserer Wohnung.

Wir bekommen für damalige Verhältnisse relativ viel Geld für unser Haus und kaufen davon einen neuen Lada, ein Motorboot auf dem Schweriner See und mein Vater steckt außerdem eine Menge Geld in den Um- und Ausbau unserer Altbauwohnung. Das Bad und die Küche werden natürlich neu gefliest, Flur und Wohnzimmer statt mit Tapete mit Stoff beklebt, wie es gerade modern ist und überall stehen neben modernen Einrichtungsgegenständen, wie schon im alten und neuen Haus, auch viele Antiquitäten. Unser Wohnstil verändert sich ein wenig in Richtung Asien, geprägt vom Geschmack meiner Mutter, die u.a. einen Ikebana-Kurs an der Volkshochschule belegt und sich plötzlich für asiatische Kultur interessiert. Papier-Schirme und spartanische Blumenkunst schmücken nun unser Wohnzimmer. Meine Mutter ist so begeistert, dass sie sich auch im Kochen asiatischer Speisen versucht. Dazu kauft sie was sie findet im *Delikat*[32] und improvisiert den Rest. Vor dem Essen wird uns zum Reinigen von Gesicht und Händen ein heißer Lappen gereicht, bevor wir versuchen das wirklich leckere, exotische Reisgericht mit Stäbchen zu essen. Das ist genauso lustig, wie das Schmatzen, Rülpsen und Brummen, wozu wir von unserer Mutter angehalten werden, weil das in der asiatischen Kultur wohl zum guten Ton gehört.

Tim und ich haben in unserer neuen Wohnung jeder ein eigenes großes Zimmer und dürfen damit machen, was wir wollen. Bei mir stehen außer meinem alten Bett aus dunklem Holz mit Bettkasten noch ein antiker Sekretär, den man auf- und zuklappen kann, ein antiker Kleiderschrank und ein Bücherregal. Der Rest des Zimmers ist leer, nur die orangefarbene Wand neben meinem Bett ist voll mit Postern von *Depeche Mode*, *Nena*, *Wham* und *Kajagoogoo*, die ich alle mühsam von Klassenkameraden zusammengeschachert habe, deren West-Verwandtschaft die *BRAVO* irgendwie in den Osten schmuggeln konnte.

---

[32] Delikat waren Lebensmittelgeschäfte, in denen man Luxuswaren wie Kaffee, Schokolade und ausländische Gewürze für viel Geld kaufen konnte

Suse lerne ich am ersten Schultag der Klasse 4a kennen. Damals sind wir beide noch ungefähr gleich groß. Kurze Zeit später schießt Suse in die Höhe und ist seit dem immer mindestens einen Kopf größer als ich. Sie blond, ich dunkelhaarig. Sie schlank, ich rundlich wirken wir ein bisschen wie die weibliche Verkörperung von Pat & Patachon[33]. Nichtsdestotrotz sind wir unzertrennlich, machen alles gemeinsam und haben uns auch nach Unterrichtsschluss viel zu erzählen, so dass wir stundenlang telefonieren. Mein Vater kann nicht begreifen, warum wir so lange quatschen, obwohl wir uns doch gerade erst in der Schule gesehen haben. Kopfschüttelnd ermahnt er mich aufzulegen und die Leitung frei zu halten für wichtige Anrufe[34]. „Trefft euch doch lieber", sagte er dann immer.

Suse wohnt tatsächlich nur 500 Meter von uns entfernt gleich neben einem Bäcker. Schlager Süßtafel, Drops und Knusperflocken[35] aus dem *KONSUM* können uns nicht verführen aber so ein frisches, halbes Mischbrot direkt vom Bäcker, das ist lecker. Wenn uns langweilig ist, kaufen wir ein halbes für 10 Pfennig und höhlen es abwechselnd mit den Fingern aus, während wir durch die Gegend schlendern. Rollschuhlaufen im Schlossgarten ist eine beliebte Freizeitaktivität. Auf dem Rückweg

---

[33] Dänisches Komiker-Duo aus der Stummfilmzeit und Synonym für nebeneinanderstehende Personen mit sehr unterschiedlichem Körperbau

[34] Nur Wenige hatten damals überhaupt einen Telefon-Anschluss. Selbstständige Handwerker gehörten zu den ersten Glücklichen. Ein Ortsgespräch, egal wie lange man telefonierte, kostete nicht mehr als 20 Pfennig. Ferngespräche hingegen waren sehr teuer.

[35] Das waren die gängigsten Süßigkeiten zu DDR-Zeiten. Die Schlager Süßtafel konnte sich nicht Schokolade nennen, weil sie tatsächlich nur 7% Kakaopulver enthielt. Sie kostete 80 Pfennige.

kommen wir dann immer an einer Eis-Waffel Fabrik vorbei, vor der wir so lange herum lungern, bis sich ein Arbeiter erbarmt, vom Band aufsteht und uns etwas vom sogenannten „Bruchwerk" bringt. Die Waffelstückchen sind noch warm und knusprig. Sie schmecken, nachdem wir vom Rollschuhlaufen schön geschafft sind, einfach köstlich.

Dann passiert etwas, was uns alle schockt aber Suse und mich noch mehr zusammenschweißt: Bei ihr wird Diabetes Typ I diagnostiziert. Ich weine sehr, weil meine beste Freundin leidet und sehr lange im Krankenhaus bleiben muss. Sie lernt dort die Krankheit zu verstehen und sich selbst Insulin zu spritzen. Ich lerne ebenfalls mit ihrer Krankheit umzugehen und zu verstehen, dass Suse ab jetzt immer zu bestimmten Zeiten essen muss und wir nicht mehr so oft zum Bäcker um die Ecke gehen können. Ansonsten machen wir aber alles wie vorher auch.

Suses Zuckerkrankheit hält uns auch nicht davon ab, das Rauchen auszuprobieren. Mit 13 Jahren klauen wir unseren Eltern Zigaretten, suchen uns ein ruhiges Plätzchen am Ostorfer Ufer und ziehen zum ersten Mal an einer Kippe. Es ist ekelhaft und wir husten um die Wette, aber je öfter wir es versuchen, desto besser klappt es. Unsere Eltern merken nichts, weil sie selbst überall rauchen (zu Hause im Wohnzimmer, im Auto, während wir ohne Kindersitz hinten drin sitzen, in der Gaststätte vor und nach dem Essen und überall auf der Straße). Als wir geübter sind im Umgang mit Zigaretten und den anfänglichen Ekel überwunden haben, finden wir es mega-cool, mit unseren Röhren-Jeans, die wir uns selbst abgenäht hatten und den Stiefeletten aus dem *Exquisit* an der Berg & Tal Bahn auf dem Rummel zu stehen, über die anwesenden und nicht anwesenden Jungs zu lästern und dabei lässig die Kippe in der Hand zu halten. Damit umstehende Leute nicht erahnen, von wem wir reden, denken wir uns Decknamen aus. Gespräche über Mickey Mouse, Donald und Goofy sind deshalb sehr beliebt.

Geraucht wird natürlich auch in der Schlange vorm *Jaan-Kreuks-Club* auf dem *Großen Dreesch*, einem Jugendclub, der von 14.00 bis 19.00 Uhr Disco für Minderjährige anbietet und total angesagt ist. Um besonders cool zu sein, packen wir die teuren Club-Zigaretten um in eine Marlboro (ausgesprochen: Mallborro[36]) Schachtel aus Polen, die wir dann lässig zücken und uns eine anzünden. Während wir geduldig warten, dass wir rein gelassen werden, hängen wir an meinem Walkman, jeder mit einem Ohr am Bügelkopfhörer und hören *Depeche Mode* in voller Lautstärke. Endlich drin und am strengen Ordner vorbei, suchen wir uns eine Ecke, von der aus wir einen guten Überblick haben und die Jungs beobachten können, für die wir schwärmen.

Ich bin die Mutigere von uns beiden. In einer Zeit, in der nahezu alles peinlich ist, ergattere ich uns 5 x 2 Freikarten für den Club, indem ich zur Faschingszeit dem Barkeeper (nach Aufforderung vom DJ) den Schlips abschneide. Ich finde, dass das unbeschreiblich tolle Gefühl, was wir haben, als wir die darauffolgenden Sonntage an der

---

[36] Wird übrigens in den Supermärkten der Neuen Bundesländer oft immer noch so ausgesprochen.

Schlange vorbei direkt zum Eingang gehen und ohne Zögern rein gelassen werden, die Peinlichkeit der Aktion rechtfertigt.

…

„Und kannst Du Dich noch an unseren ersten Ferienjob im WtB[37] erinnern?" fragt mich meine alte Schulfreundin, während Sie den letzten Löffel Sahne aus ihrem orangen DDR-Plaste[38]-Eisbecher kratzt.

…

Suses Mutter ist Köchin in der Kantine des WtB und hatte uns den Ferienjob besorgt. Unsere Aufgabe ist es, Zigaretten und Zigarren abzuzählen und zu verpacken. Alles riecht nach Tabak, während wir das Förderband befüllen. Aber das Schlimmste ist, dass wir schon um 5.30 Uhr aufstehen müssen. Unsere Augen kleben noch zusammen, als wir schon im Bus zur Arbeit sitzen. Arbeitsbeginn ist um 7.00 Uhr und bis zur Frühstückspause um 9:00 Uhr fällt es uns sehr schwer, den Anweisungen unserer Betreuer zu folgen und unsere Arbeit gut und gewissenhaft zu machen. Danach geht's besser und wir haben sogar richtig Spaß daran, für zwei Wochen zum werktätigen Volk zu gehören. So können wir uns ein paar Mark Taschengeld verdienen, denn ohne können die acht Wochen Sommerferien auch in der DDR ziemlich öde sein.

---

[37] WtB (Waren täglicher Bedarf) war ein Bereich der Handelsorganisation (HO), die für die Belieferung von Gaststätten und Warenhäuser mit Lebensmitteln und Industriewaren zuständig war.

[38] Plaste = DDR-Deutsch für Plastik

So vergehen die Schuljahre und auch nachdem ich die Schule wechsle, hält unsere Freundschaft an. Bis zur Lehre sind wir unzertrennlich. Wir gehen zusammen auf den Rummel, zur Disko, fahren zum ersten Mal gemeinsam in den Urlaub nach Rügen und machen unsere ersten Männerbekanntschaften. Spätestens da ahnen wir beide, dass es wohl nicht mehr lange dauert, bis unser gemeinsamer Weg erst einmal beendet sein würde.

Jugendliebe (Ute Freudenberg)

Ich bin 17 und er 23 als wir uns im *Achteck* kennenlernen. Er spricht mich an, wir unterhalten uns ein wenig, bevor er mir eine *Grüne Wiese*[39] ausgibt und mich zum Tanzen auffordert. Nach zwei oder drei Liedern verabschieden wir uns mit einem Lächeln, das ein Wiedersehen garantiert.

Aufgeregt erzähle ich Suse von meiner Bekanntschaft und halte gleichzeitig nach ihm Ausschau. Weil ich ihn nirgends entdecken kann, ziehen wir unsere Runden um die Bar, die in der Mitte des achteckigen Gebäudes steht. Es ist bestimmt schon die vierte Runde, als er mich durch seinen Arm plötzlich stoppt und zu sich heran zieht. „Stehst du etwa schon die ganze Zeit hier?", frage ich ihn verdattert und gleichzeitig peinlich berührt. „Ja, ich habe dich schon mehrfach rum gehen sehen", sagt er frech grinsend. Vor Überraschung und Peinlichkeit weiß ich nicht, was ich sagen soll und bin froh, dass er mich wieder auf die Tanzfläche zerrt. Wir verabreden uns für einen der nächsten Tage auf dem *Leninplatz*[40] und haben dort unser erstes richtiges Rendezvous auf einer Bank. Er bringt eine Flasche *Adria Sonne*[41] mit und wir suchen uns nach ein bisschen Smalltalk ein stilleres Plätzchen, um uns in Ruhe ein wenig unterhalten und näher kommen zu können. Zum ersten Mal spüre ich eine kribbelnde

---

[39] Typisches DDR-Mixgetränk aus 2 cl Blue Curacao, 2 cl Orangensaft, 6 cl Sekt, Eiswürfel.

[40] heutiger Marienplatz

[41] Wermutartiger Dessertwein, sehr typisch für die Zeit

Anziehungskraft und es ist relativ schnell klar, dass wir uns wiedersehen wollen. Ich bin verknallt und das ist meine erste Love Story. Ich bin noch Lehrling und vielleicht auch deshalb so beeindruckt von diesem „echten" Mann, der schon arbeitet. Er hat eine eigene kleine Wohnung, der Dachboden im Mietshaus seiner Eltern - selbst ausgebaut, tapeziert und eingerichtet. Immerhin zwei kleine Zimmer und ein Bad[42].

Es vergeht eine ganze Weile, bis wir offiziell ein Paar sind, denn eigentlich bin ich Andrej ein bisschen zu jung, wie er mir später eröffnet. Er denkt, ich weiss doch noch gar nicht, was ich eigentlich will und damit hat er auch irgendwie recht. Aber eines weiß ich: ich will ihn und irgendwann wollen wir uns dann auch gegenseitig.

Nach drei Monaten eröffnet er mir eines Abends, dass er evtl. Vater ist und erzählt mir die ganze Nacht lang, was vor einigen Jahren in einer Diskothek begann und noch am selben Abend im Bett einer Frau endete. Er hatte dieses sexuelle Abenteuer längst vergessen, bis vor ein paar Wochen eine Vorladung ins Haus flatterte. Demnächst soll sich vor Gericht entscheiden, ob er Vater der Zwillinge ist, die wahrscheinlich in besagter Nacht gezeugt wurden. Der Prozess kommt nur ins Rollen, weil der aktuelle Partner der Frau seine Vaterschaft nach drei Jahren anzweifelt. Es kommt wie es kommen muss: mein Freund ist der leibliche Vater und ab sofort unterhaltspflichtig für die Zwillinge, zu denen er keine Beziehung

---

[42] eine Küche gab es nicht, gekocht hat damals noch seine Mutter, zwei Etagen tiefer

hat oder will. Und auch die drei Jahre, die seit ihrer Geburt vergangen sind, bleiben ihm nicht erspart. Das ist hart für uns beide aber unserer Liebe steht das nie im Weg, denn seine Ehrlichkeit rührt mich und ich will ihm beistehen.

Er kauft uns einen uralten, verrosteten Käfer, repariert ihn und sägt das Dach ab, so dass wir ein schickes Cabrio haben. Damit fahren wir an die Ostsee, durch die halbe DDR und in die ČSSR zum Zelten in den Urlaub. Es ist einfach herrlich, zum ersten Mal zu lieben und geliebt zu werden.

Meine Ausbildung zum Wirtschaftskaufmann[43], die ich nur deshalb nicht nach zwei Wochen abbreche, weil meine Mutter mich bekniet und mir prophezeit, dass ich sonst aus dem System falle und asozial werde, schließe ich im April 1989 vorzeitig ab. Damit beginnt für mich der „Ernst des Lebens". Von nun an, das ist mir schlagartig klar, bin ich selbst verantwortlich dafür, was aus mir wird. Ob ich glücklich, erfolgreich oder asozial werde, liegt nun allein in meinen Händen. Oder in denen des Staates? Man sagt mir, dass ich zwei Möglichkeiten der Weiterentwicklung habe. Entweder ich werde Mitglied der SED und kann ohne Abitur ein Studium beginnen, wozu man mir rät, oder ich starte direkt in der Personalabteilung   meines   Ausbildungsbetriebes   ins

---

43 Nach Abschluss der 10. Klasse war es üblich, sich mit einer Postkarte um eine Ausbildung zu bewerben. Ich wollte Dekorateurin werden und war mir sicher, dass ich einen der drei Ausbildungsplätze in Schwerin bekomme aber ich bekam eine Absage und musste dann nehmen, was noch übrig blieb. So etwas wie ein Freiwilliges Soziales Jahr gab es bei uns nicht.

Berufsleben. Ich hätte mich aus rein egoistischen Gründen für die erste Variante entschieden, aber meine Mutter redet aus lauter Protest darüber, dass ich meine eigenen Interessen über die der Partei stellen will, eine ganze Woche lang nicht mit mir. Und das, obwohl sie mit der SED überhaupt nichts am Hut hat. Aber sie hat eben ihre Prinzipien, die mir nach dieser unfreiwilligen „Schweigewoche" dann auch irgendwie einleuchten und mich nach weiteren Möglichkeiten der Lebensgestaltung suchen lassen. Und tatsächlich finde ich eine dritte, allerdings recht anstrengende Variante. Ich will das Abitur, was mir nach der 10. Klasse verwehrt blieb[44], berufsbegleitend an der Volkshochschule nachholen, um danach auf normalem Wege studieren zu können. Gesagt, getan. Und so melde ich mich in letzter Minute zum Kurs an, der in vier Jahren zur Hochschulreife führen sollte.

Doch im Sommer 1989 überschlagen sich die Ereignisse. Es finden Demonstrationen im ganzen Land statt. Das Aufbegehren des Volkes gegen Reisebeschränkungen, Willkür, Bespitzelung, Arbeitsverbote, Zensur, Devisenhandel, Warenverteilung, Einparteiensystem u.v.m. wird lauter und deutlicher. Die Deutsche Botschaft in Prag ist voll von ausreisewilligen DDR-Bürgern, die nicht die Absicht haben, zurückzukehren in ihr Land. Sie üben dadurch enormen Druck auf das ZK[45] der SED und

---

[44] Nur 10% eines Jahrgangs durfte nach der 10. Klasse auf die EOS (Erweiterte Oberschule). Der Notendurchschnitt musste 1,7 oder besser sein aber auch die Einstellung des Schülers und die der Eltern zum Staat spielten eine Rolle.

[45] Das Zentral Komitee (ZK) der Sozialistischen Einheitspartei Deutschlands war das oberste Organ der DDR, es kontrollierte sowohl die Partei als auch die Regierung.

die Diktatur des Proletariats aus, endlich etwas zu verändern. Die volkseigenen Medien schweigen größtenteils, dafür kocht die Gerüchteküche und man munkelt, dass bald alle Grenzen dicht gemacht werden und nur noch reisen darf, wer ein Visum und eine Ausreisegenehmigung vorweisen kann. Dass Ungarn den Schießbefehl aufgehoben hat, erfahren wir aus dem Westfernsehen. In mir verändert sich etwas in diesen Tagen und ich grüble und grüble. „Was wäre, wenn wir die Chance des Chaos nutzen und einfach abhauen?" Ich teile - erst ängstlich, dann enthusiastisch - meine Gedanken mit Andrej, von dem ich weiß, dass er im Herbst, wie jedes Jahr, mit seinen Kumpels nach Ungarn in den Urlaub fahren würde. Er lässt sich von mir anstecken und plötzlich ist es nicht mehr nur meine, sondern unsere Idee: Wir wollen gemeinsam über Ungarn fliehen und im Westen unsere Träume verwirklichen, so der Plan, der mehr und mehr Gestalt annimmt.[46]

...

Ich glaube, letztendlich ist die Motivation für die Flucht meinem wachsenden Bedürfnis nach Selbstbestimmung und Freiheit geschuldet. Als Kind und Jugendliche fühle ich mich beschützt und gut aufgehoben in der DDR, als Teenager kommen dann die ersten größeren Enttäuschungen. Ich erfahre, dass ich kein Abitur machen kann, obwohl ich eine gute Schülerin bin. Das macht mich zwar traurig, ich finde mich aber irgendwie damit ab und

---

[46] Im Nachhinein glaube ich, dass Andrej nicht so 100%ig überzeugt war, aber er liebte mich, wir waren erst ein Jahr zusammen und konnten uns ein Leben ohne den anderen damals einfach nicht vorstellen.

denke, dass das Leben dann eben einen anderen Weg für mich bereit hält. Aber die Sache mit der Ausbildung, die so gar nicht zu mir passt, das ist schon hart. Und als meine Mutter mir dann die Augen öffnet, indem sie ihren Mund schließt, fange ich an, achtsamer und kritischer zu werden.

…

Meine Mutter ist die Einzige, der ich von unserem Plan erzähle.[47] „Habt ihr euch das gut überlegt?" fragt sie und als ich ihr mit einem festen „Ja!" antworte, drückt sie mich an sich und sagt: „Ok, gut."

Die geplante Urlaubsreise nach Ungarn wurde natürlich schon ein halbes Jahr im Voraus gebucht, deshalb ist es mehr als Glück, dass ich nur einen Tag später als Andrej und die anderen einen Flug nach Budapest bekomme. Am Flughafen soll ich einen bestimmten Bus nehmen und nach fünf Stationen aussteigen, damit mich Andrej in Empfang nehmen kann.

Meine Mutter lässt es sich nicht nehmen, mich nach Berlin zu begleiten, wo wir einen wunderschönen Tag am *Alexanderplatz*, *Checkpoint Charlie* und im *Café Adler* verbringen, wohl wissend, dass wir uns vielleicht nie wieder sehen würden. Dann bringt sie mich noch zur S-Bahn Richtung Flughafen. Auf dem Bahnsteig umarmen wir uns ganz fest zum Abschied, aber statt traurig zu sein oder gar zu weinen, raunt sie mir mit fester Stimme ins

---

[47] Als ich sie später frage, warum sie mich nicht zurück hielt, immerhin war ich erst 18, antwortet sie: „Die Art, wie du mir deinen Entschluss mitteiltest war so resolut, dass ich sofort wusste, ich kann dich nicht aufhalten nur unterstützen."

Ohr: „Du schaffst das, meine Große!" Dann gehen die S-Bahn-Türen zu.

Vielleicht sind es ihre Worte, die mich vor Unheil schützen oder ich habe einfach nur Glück, aber irgendwie schaffe ich es durch die Kontrolle am Flughafen, ohne großartig gefilzt oder ausgefragt zu werden wie etliche junge Menschen vor mir, und lande nach ein paar Stunden sicher auf dem Flughafen in Budapest. Wie verabredet nehme ich den besagten Bus, fahre fünf Stationen, steige aus und warte. Und warte und warte, Stunde um Stunde, bis mir das irgendwann komisch vorkommt. „Ich muss wohl den falschen Bus genommen haben", stelle ich voller Schrecken fest.

Zurück zum Flughafen hätte ich nicht gefunden, also mache ich mich auf den Weg zum Campingplatz, wo mein Freund und seine Kumpels zelten wollten. Ich weiß nicht, wie ich das ohne Sprachkenntnisse und Karte schaffe, aber irgendwie geht's. Es ist nach 22 Uhr, als ich dort ankomme und somit nicht mehr möglich, eine Durchsage per Lautsprecher zu machen. „Verstehen bitte, hier Kinder schlafen", sagt die Dame an der Rezeption in gebrochenem Deutsch. Stattdessen rät sie mir, im Halbdunkel über den Zeltplatz zu gehen und meine Leute zu suchen. „Ein absurdes Unterfangen bei rund 1.000 zeltenden Gästen", denke ich und heule, zum Entsetzen der Dame, erst einmal lauthals los.

Als die Anspannung in Tränen aufgelöst ist, besinne ich mich und starte meine Suche auf dem riesigen Zeltplatz. Keine zehn Minuten später finde ich, wonach ich suche und weine wieder, dieses Mal vor Glück. Ich erkenne Andrej's Kumpels vor einem Zelt und höre ihre Stimmen. Er selbst ist allerdings immer noch nicht da und kommt erst Stunden später. Weil er nicht weiß, was los ist (Handies gibt es noch nicht), harrt er am Treffpunkt aus, bis kein Flugzeug mehr landet. Als wir uns endlich wieder haben, liegen wir uns in den Armen und lassen uns die ganze Nacht über nicht mehr los.

Am nächsten Tag soll es für alle nach Prag und damit zurück Richtung Heimat gehen. Wir begleiten die Freunde zum Bahnhof und eröffnen ihnen kurz bevor der Zug kommt, dass wir andere Pläne haben und „abhauen" wollen. Das ist ein Schock für sie. Nur dem Umstand, dass sie los müssen, um den Zug nicht zu verpassen, hält sie davon ab, mit uns so lange zu diskutieren, bis wir unseren Entschluss rückgängig machen. Uns ist natürlich auch nicht wohl dabei, aber wir haben uns entschieden und nun ist es Zeit, unseren Plan in die Tat umzusetzen. Wir winken den Freunden, bis sie nicht mehr zu sehen sind und suchen uns dann eine Zugverbindung heraus, die uns möglichst nah an die Grenze zu Österreich bringt. Das letzte Stück wollen wir per Anhalter zurücklegen, um nicht aufzufallen. Eine Gruppe von Engländern nimmt uns in ihrem Bus mit und lässt uns kurz vorm Grenzübergang raus. Sie zeigen uns die beleuchtete Straße nach Wien, drücken uns ein paar Schillinge in die Hand und wünschen uns viel Glück.

Dann sind wir auf der Flucht[48].

Wir verlassen die Straße und versuchen uns erst einmal an die Dunkelheit zu gewöhnen. Auch wenn der Mond noch nicht ganz voll ist, reicht sein Licht, um uns den Weg zu weisen. Jetzt ist uns doch ganz schön mulmig, wo wir hier so allein mitten auf dem Feld stehen. Wir fassen uns an die Hand und gehen mutig los. Zwar wissen wir nicht so genau, wo wir gerade sind, aber wohin wir wollen, das wissen wir. Fest entschlossen, die Lichter der Autobahn nach Wien immer im Blick, wollen wir erst rasten, wenn wir Drüben sind. Doch eine Mauer aus Gestrüpp hält uns schon nach wenigen Minuten auf. Es gibt scheinbar kein Durchkommen. Zuerst suchen wir eine Lücke, dann bahnen wir uns gewaltsam einen Weg durch das Dickicht, indem wir unsere Rucksäcke (das einzige Gepäck, was wir bei uns haben) als Schutzschild benutzen. Endlich schaffen wir diese erste Hürde und umarmen uns freudig, bevor es weiter geht.

Mitten in einem Maisfeld sehen wir einen Trampelpfad. Wir folgen ihm in der Hoffnung, dass er uns schnell auf die andere Seite, nach Österreich bringt. Doch dann tauchen plötzlich Lichter eines Autos auf und wir hören Stimmen. Mein Atem stockt und ich habe große Angst. „Das sind die Grenzposten", denke ich „jetzt ist alles aus. Sie werden uns einsperren." Wir warten mucksmäuschenstill im Schutze des Maisfeldes und hoffen inständig, dass sie uns nicht entdecken. Erst nachdem das Auto

---

[48] Es war die Nacht vom 8. auf den 9. September 1989, einen Tag bevor die Ungarn die grüne Grenze ganz offiziell öffneten.

weiter gefahren ist und wir wirklich nichts mehr hören, trauen wir uns langsam weiterzugehen.

Nach vielen Angstmomenten, unbekannten Geräuschen, lautem Knacken von irgendwelchen Tieren und vor allem viel Dreck und Matsch klettern wir den gefühlt 21. Zaun hoch und wieder runter. Komisch ist, dass die Zäune immer in einem Abstand von ca. zwei Metern aufgestellt und gar nicht so hoch sind. „Lass uns runter gehen, dahin wo Licht ist", sage ich nach zwei Stunden ohne Pause. Ich bin k.o., dreckig und habe Durst. Doch das ist alles vergessen, als wir am Ortsschild ankommen, auf dem *Nickelsdorf* steht. Der deutschklingende Name gibt uns Grund zur Freude. Doch egal, an welcher Haustür wir auch klingeln, nirgends regt sich etwas und uns beschleicht das bange Gefühl, nicht willkommen zu sein. Wir gehen weiter und kommen zu einem Wirtshaus, vor dem nur Autos mit tschechoslowakischen und ungarischen Kennzeichen stehen. Uns überkommt die Panik. Auch wenn die meisten Karten, die man kaufen konnte, besonders in Grenznähe, nicht so detailgetreu gezeichnet waren, wussten wir doch, dass wir uns im Drei-Länder-Eck befinden. Waren wir womöglich im Kreis gelaufen und nun wieder in Ungarn? War die ganze Flucht, die Angst und die Strapazen, all die Zäune, die wir schon überwunden hatten, umsonst? Mit mulmigem Gefühl im Bauch verstecken wir uns hinter der großen Eiche, die vor dem Wirtshaus steht und warten, bis jemand raus kommt. Dann die Erlösung! Auf unsere Frage, ob wir in Österreich sind, antwortet uns der herauskommende Gast: „Ja, Sie seins in Österreich."

Ohne Geld können wir in keiner Pension übernachten, aber wir haben ein Zelt dabei und so verbringen wir die paar Stunden bis zum Morgengrauen auf einem nahegelegenen Sportplatz. Auf dem Boden liegend, unsere Körper dicht an dicht, um uns zu wärmen flüstern wir uns durch die Nacht. An Schlaf ist nicht zu denken nach den aufregenden Erlebnissen des Tages, der uns noch lange in Erinnerung bleiben sollte.

Am nächsten Morgen wollen wir nach Wien trampen, um uns bei der Deutschen Botschaft zu melden. Als wir da so am Straßenrand stehen und auf ein Auto warten, erkennen wir „unsere" Zäune wieder. Na klar, in Österreich wird Wein angebaut! Die Zäune waren Rank-Hilfen für die Weinreben und keine Grenzzäune. Darüber müssen wir so lachen, dass uns noch Tage später das Zwerchfell weh tut.

Ab Wien geht alles seinen geregelten Gang. Wir bekommen vorläufige Pässe, eine Fahrkarte nach Münster ins Aufnahmelager[49] und etwas Taschengeld. Wir haben noch 7 Stunden Zeit, bis unser Zug abfährt, aber aus Angst uns zu verlaufen und dann vielleicht den Zug zu verpassen, bleiben wir in der Nähe des Bahnhofs. Ich kaufe eine Postkarte und suche ein nettes Wiener Café, in dem wir die Zeit totschlagen und ich die Postkarte an meine Mutter schreiben kann.

Nach 13 Stunden Zugfahrt kommen wir endlich in Münster an. Die Einwohner der Stadt begrüßen uns

---

[49] Das bekannte Aufnahmelager in Gießen war im September 1989 bereits überfüllt.

freudestrahlend und jubelnd. Wir bekommen heißen Kaffee, Bananen und Schokolade und fühlen uns dadurch herzlich willkommen.

Das Aufnahmelager ist eine alte Kaserne. Wir schlafen mit acht weiteren Flüchtlingen in einem Zimmer und lauschen so mancher abenteuerlichen Fluchtgeschichte. Ich informiere meinen Vater, der sich inzwischen in Hamburg ein neues Leben aufgebaut hat und dort mit seiner zweiten Frau und ihrem Sohn lebt. Er fällt aus allen Wolken, kommt aber sofort, um uns im Lager zu besuchen und uns sein Auto da zu lassen. Nach einer Woche Behördenkram fahren wir damit dann einmal quer durch Westdeutschland in die Hansestadt, um neu durchzustarten und schnell zu merken, dass alles, aber auch wirklich alles anders ist als dort, wo wir her kommen.

Wir bezahlen viel Lehrgeld und fallen das ein oder andere Mal auf die Nase, aber irgendwann haben wir alles, was zu einem guten Start in einer neuen Welt dazu gehört: Wohnung, Job, Auto und ein wenig Geld, um das schöne neue Leben in der Großstadt finanzieren und auch ab und zu mal in den Urlaub fahren zu können.

Ich mache eine zweite Ausbildung in einem Medienkonzern, finde Freunde und nach und nach auch Gefallen an der Stadt, in der ich mich langsam zurecht finde und wohl fühle. Andrej dagegen fährt nach der Grenzöffnung jedes Wochenende nach Schwerin und hat außer mir und seinem Job nichts, was ihn in Hamburg hält. Die Großstadt kann ihm nicht die Wärme und Geborgenheit geben, die er von seiner deutsch-russischen Familie und der Kleinstadt Schwerin gewohnt ist, aus der wir beide kommen. So leben wir schon lange vor unserer Trennung in unterschiedlichen Welten und entscheiden nach mehr als zehn Jahren Partnerschaft, dass es für uns beide besser ist, getrennte Wege zu gehen.

Ich nutze die Gelegenheit nach unserer Trennung, um mir einen Herzenswunsch zu erfüllen, den ich seit meinem vierwöchigen Sprachurlaub in Madrid in mir trage. Ich kündige Job und Wohnung in Hamburg und ziehe in die Hauptstadt Spaniens, um dort zu leben, die Sprache zu lernen, Flamenco zu tanzen und vielleicht sogar einen Job zu finden, damit ich länger als nur ein halbes Jahr bleiben kann.

…

Ich bleibe 2 ½ Jahre, arbeite in meinem Beruf für mehrere deutsche Verlage und kann dadurch sogar zwei Mal im Jahr in die Heimat fliegen – ganz umsonst. Mir gefällt die internationale Arbeit und mein Spanisch wird dadurch immer besser. Aber es ist auch anstrengend, sich permanent, ob privat oder beruflich, in einer fremden Sprache ausdrücken zu müssen.

Meine Zeit in Madrid ist sehr intensiv und mit vielen wunderbaren Momenten gespickt. Besonders gefällt mir, dass sich das Leben meist auf der Straße abspielt, die Sonne, anders als in Hamburg, eigentlich immer scheint und man überall Musik und spanisches Gezeter hört. Einmal bin ich so fasziniert von einem Satz auf der *Plaza de Lavapiés*, dass ich mich vor den Spiegel stelle und ihn so lange übe, bis ich ihn mit exakt der selben Mimik und Gestik sagen kann, wie die Frau, von der ich ihn aufgeschnappt hatte: „*Anda ya, no te lo crees ni tu!*"

Jeden Freitag Abend geht das Wochenende los und das Zentrum der Stadt füllt sich mit Menschen, die sich zum Tapas essen und Cerveza trinken treffen. Danach geht es gemeinsam weiter von Bar zu Bar, um zu feiern, zu singen und natürlich zu tanzen. Ein bisschen Flamenco ist immer dabei und ich kann mit meinen erlernten Schritten und Handdrehungen punkten. Um mitsingen zu können, lerne ich viele Texte von *La Oreja de Van Gogh*, *José el Francés*, *Ketama* oder *Navajita Plateá* auswendig und merke dabei, dass es auch eine gute Übung ist, um die Sprache wirklich zu verstehen.

Die Sonntage brauchen wir immer, um auszuruhen und für die kommende Arbeitswoche aufzutanken. Wir gehen im *Retiro* spazieren oder stürzen uns ins Getümmel auf dem berühmten Flohmarkt *El Rastro* im Barrio *La Latina*, wo sich die Leute in den Cafés und Bars zum Frühschoppen treffen und genüsslich die Zeitung lesen. Trommler kreieren nach und nach einen Rhythmus, der dazu einlädt, sich irgendwo ein schattiges Plätzchen zu suchen, um in der Mittagshitze zu dösen und das Treiben des Viertels an sich vorüber ziehen zu lassen.

An meinem 30. Geburtstag, den ich mit ein paar Freunden in unserer WG im Barrio *Argüelles* feiere, stelle ich mir wieder einmal die Frage, ob ich da, wo ich bin, noch glücklich bin und komme zu dem Schluss, dass es Zeit wird, Spanien hinter mir zu lassen und wieder Kurs aufzunehmen Richtung Deutschland. In München wartet ein neuer, gut bezahlter Job und meine beiden Freundinnen Michaela und Conny auf mich, die ich noch aus Hamburg kenne. Ich wäre als Nordlicht ja nie auf die Idee gekommen, nach München zu ziehen, wenn sie nicht gewesen wären.

…

Andrej findet einen Job und eine neue Freundin mit Kind in Schwerin. Er baut das Bauernhaus auf dem Grundstück seiner Eltern aus und lebt dort glücklich und zufrieden. Irgendwann sucht er doch nach seinen Zwillingen, findet sie und erfährt, dass er mittlerweile dreifacher Opa ist. Jedes Mal, wenn ich mein Auto in seine Werkstatt in Schwerin bringe, plaudern wir ein wenig über unsere Jugendliebe und die Zeit, die unvergessen bleibt.

Käfer auf'm Blatt (Chicorée)

Suse, Ulf und ich sind auf dem Weg in den Angler II, eine beliebte Location direkt am Schweriner See. Hier gibt es heute Live Musik. An der Tür fragt man uns, ob wir reserviert haben. „Leider nicht", antworten wir und nehmen die Eingangstür in Beschlag. Wir hatten gehofft, auch ohne Karten und Reservierung rein zu kommen. „Nicht heute, der Laden ist rappelvoll", lautet die enttäuschende Antwort des Kassierers. Immerhin können wir uns drinnen ein Bier holen. Weil es so heiß ist, lassen die Betreiber alle Türen und Fenster auf, so dass wir eigentlich auch draußen alles mitbekommen - ganz ohne Eintrittsgeld. Suse und ich ergattern den Strandkorb vor dem Anglervereinshaus und lauschen der Musik. Sie ist noch immer skeptisch, ob Schwerin langfristig etwas für mich ist, aber schön findet sie es schon, dass wir hier so entspannt und ohne Zeitdruck bei einem Bierchen sitzen und über alte Zeiten quatschen können.

Die Band aus Edinburgh kommt jetzt erst so richtig auf Touren. Die Leute tanzen, klatschen und kreischen im Saal. Wir schauen begeistert von außen zu und hören, wie jemand von dieser Band aus Schottland schwärmt, die bereits zum zweiten Mal in Schwerin ist und deren Konzert auch heute Abend wieder restlos ausverkauft ist.

…

Ein paar gute, auf ihre Art besondere, Bands gibt es auch in der DDR. Sie sind nicht so populär wie die *Puhdys* oder *Karat*. Deshalb nennt man sie auch „Die anderen Bands", von denen die meisten natürlich aus Berlin kommen. Sie sind vor allem schrill, bunt, alternativ und gehören zur Underground Musikszene, die es tatsächlich auch bei uns gibt. Der Dokumentarfilm *„flüstern & SCHREIEN – ein Rockreport"* vom Regisseur Dieter Schumann aus dem Jahr 1988 zeichnet ein authentisches Bild dieser Musikszene und ihrer Fans.

…

Chicorée ist so eine andere Band. Ihre Musik, eine Mischung aus Funk & Rock hören Suse und ich zum ersten Mal auf einem Open-Air-Konzert in den *Lankower Bergen*. Wir sind sofort begeisterte Fans von der ungewöhnlichen Musik mit den ausschließlich selbst geschriebenen, deutschen Texten, die wir bald auswendig können. Tage und Wochen später beschäftigt uns ihr Auftritt noch und wir freuen uns jedes Mal, wenn wir wieder ein Lied oder ein Interview von *Chicorée* im Radio hören. Irgendwann fassen wir uns ein Herz und schreiben einen Fan-Brief. Damit er auch ins Auge fällt und gelesen wird, malen wir den Briefumschlag ganz bunt an und hoffen wochenlang auf Antwort.

Die kommt dann auch prompt inkl. Autogrammkarten, auf denen aber außer dem Sänger Scholle, kein weiteres Bandmitglied unterschrieben hat. Das Schönste jedoch sind die handgeschriebenen Zeilen vom Frontmann Dirk Zöllner, die unser Herz höher schlagen lassen und noch lange für Gesprächsstoff in unserem Freundeskreis sorgen, denn wir erfahren die Neuigkeiten aus erster Hand, auch wenn sie uns nicht erfreuen.

Berlin, 13. Oktober 1987

Liebe Jule und liebe Suse!

Ich muss Euch leider mitteilen, dass sich die Band CHICOREE aufgelöst hat. Aber es wird weiter ein Projekt geben, dass nach CHICOREE klingt. Dieses Projekt nennt sich „Zöllner" und es wurden bereits Titel produziert. Der neueste Titel (er läuft auch ab heute im Radio) heißt „Du bist schön". Ich hoffe, dass er Euch gefällt und Ihr mir trotzdem treu bleibt.

Es grüßt Euch Scholle

Wir sind traurig über die Nachricht, hatten wir doch zum allerersten Mal überhaupt so etwas wie ein musikalisches Idol gefunden und angefangen Fan-Gefühle zu entwickeln. Aber natürlich sind wir auch glücklich darüber, dass er uns überhaupt zurück geschrieben hat und nicht nur das, es stecken auch noch zwei Aufkleber[50] mit im Briefumschlag. Wahnsinn! Jetzt wollen wir aber auch alles ganz genau wissen und feilen tagelang an unserer Antwort:

---

[50] Aufkleber gab es eigentlich gar nicht bei uns, deshalb waren die wirklich etwas ganz Besonderes

Lieber Dirk!

Vielen Dank für Deinen Brief! Wir haben uns sehr gefreut, obwohl wir auch ganz schön traurig darüber waren, dass es die Band CHICOREE nun nicht mehr gibt. Deinen neuen Titel haben wir noch nicht gehört aber wir sind sicher, dass er uns gefallen wird, wenn er nach CHICOREE klingt. Was uns dazu bringt, Dir so schnell wieder zu schreiben? Wir wollen unbedingt wissen, wie es dazu kam, dass Ihr so plötzlich auseinander gegangen seid, wo Ihr doch jetzt erst so richtig bekannt wurdet. Schreib uns doch mal den Grund! Es interessiert uns sehr. Außerdem würden wir gern wissen, was aus André, Brandy und den anderen Bandmitgliedern geworden ist. Wo sind die jetzt zu hören? Und Du? Machst Du das Projekt „Zöllner" alleine?

Viele Grüße von Jule und Suse

Die Antwort kommt dann recht schnell…

Berlin, 6. November 1987

Liebe Jule und liebe Suse!

Vielen Dank für Euren Brief! Hier ein paar Antworten auf Eure Fragen:

1. André ist bei M. Barakowski (Perl), Moritz bei Tutti Paletti und Brandy hat noch nichts Konkretes.

137

2. Eine LP von CHICOREE wird nicht mehr erscheinen – wir hatten die Produktionen noch nicht beendet.

Am 8.11. kommt mein neuer Titel ins Metronom – ich bin auch live mit einem Interview dabei. Ich hoffe auf Eure Unterstützung. Wie es bei mir weitergeht, hängt leider auch von Platzierungen in Wertungssendungen ab. Das nächste Mal mehr, ich bin etwas im Stress.

Tschüß Scholle

In der Zwischenzeit mache ich mit meinem Bruder und Roland die Einstufung, um mit CBM, unserer gemeinsamen Band, öffentlich auftreten und Geld verdienen zu können. Ich nehme an, wir erwähnten, dass wir die Grundstufe schafften, denn in seinem letzten Brief an uns schreibt er:

Berlin, 26. November 1987

Liebe Jule, liebe Suse! Hallo CBM!

Den Crazy Black Majors erst einmal herzlichen Glückwunsch zur Einstufung. Ich drücke Euch für die Zukunft die Daumen. Auch ich arbeite zur Zeit fest mit einem Keyboarder zusammen. Er heißt André Gensicke und kommt von LAMA. Wir machen Clubmuggen mit Klavier und Gitarre. Bei größeren Konzerten schmeißen wir uns mit zwei weiteren Keyboardern von KLEEBLATT zusammen. Wir sind trotzdem noch in der Vorbereitungsphase – so richtig geht es erst im Januar los. Ich fühle mich eigentlich sehr wohl und bin etwas frei vom früheren Stress. Die ersten größeren Auftritte finden im Januar bei den „Tagen der Jugend" im Palast der Republik statt. Das soll so ne Ersatzveranstaltung für „Rock für den Frieden" werden.

Ich glaube, das geht eine Woche lang. Neue Produktionen werden erst im Februar/März stattfinden, es sind sehr viele neue und, meiner Meinung nach, gute Titel entstanden. Leider wurde schon wieder einiges vom Lektorat abgelehnt. Aber ich kämpfe darum!

Macht's gut, es grüßt Euch Scholle

…

Den Text des berühmtesten Liedes der Band *Chicorée*, das Dirk Zöllner auch heute noch auf der Bühne singt, schickt er uns mit. Erst durch seine Biografie *Die fernen Inseln des Glücks* wissen wir, dass die Zeilen gar nicht von ihm selbst, sondern von Peter Markgraf sind, den Scholle mal am Balaton getroffen hatte. Mit Schreibmaschine auf dünnes Papier geschrieben ist der Text ein fragiles Erinnerungsstück an unsere Jugend.

Käfer aufm Blatt

Ein Käfer aufm Blatt
Was ist das schon
Das Blatt haut man ab
Den Käfer latscht man platt
Ein Käfer aufm Blatt
Was ist das schon

Ein Blick in die Stadt
Was ist das schon
Die Stadt ist so satt
Den Blick streift man schnell ab
Ein Blick in die Stadt
Was ist das schon

Eine Hand in einer Hand
Was ist das schon
Der einen gibt man ein Gewehr
Die andre wäscht den Toten hinterher
Eine Hand in einer Hand
Was ist das schon

Konzerte der „anderen Bands" finden ausschließlich in Berlin statt und natürlich haben wir als Teenager die Hoffnung, Dirk Zöllner oder sogar einer richtig berühmten Persönlichkeit zufällig auf dem Alexanderplatz zu begegnen, wenn wir uns mit dem *Petermännchen*[51] auf den Weg in die Hauptstadt machen.

Das ist jedes Mal ein richtiges Highlight: Die *Depeche Mode* Kassette in meinem Walkman leiert, wenn wir in Berlin ankommen, so oft haben wir sie in den zwei Stunden Zugfahrt gehört. In der Hauptstadt der DDR gibt es alles, was es sonst nirgends gibt: *H-Milch* der Geschmacksrichtungen Schoko, Vanille und Frucht in Dreiecks-TetraPacks, *Knusperflocken*, *Bambina* und auch echte Schokolade, Ketchup, *Joker* und *Fetzer*[52] aber vor allem gibt es West-Zigaretten. Am Bahnhof Friedrichsstraße kaufen wir uns *Pall Mall* und fahren zum ALEX, wo wir in der Nähe der Weltzeituhr rauchend herum lungern und uns die Zeit mit Gucken und Staunen vertreiben.

Punker, Popper, Straßenmusiker. Street Art, Tattoos und viele unterschiedliche Menschentypen prägen das Bild der Stadt, an dem wir uns nicht satt sehen können. So etwas Verrücktes gibt es in Schwerin natürlich nicht. Wenn wir dann noch zufällig Zuschauer eines Breakdance Auftrittes werden, haben wir besonders großes Glück und

---

[51] Name des DR Städteexpress Zuges von Schwerin nach Berlin. Städteexpress nannte man die Bahn-Verbindung der Bezirksstädte der DDR mit Berlin. Man musste 5 Mark Express-Zuschlag bezahlen.

[52] Die Schokoriegel Joker und Fetzer waren für uns das, was Raider, Snickers und Milky Way für die Jugend im Westen waren, wir bekamen sie nur nicht so oft.

fahren erfüllt und voll von neuen Eindrücken in die beschauliche Heimatstadt zurück.

Während ich davon mehr will und schon damals ahne, dass es noch vieles zu entdecken gibt, was man uns in der kleinen DDR vorenthält, hat Suse nicht ganz so viele Hummeln im Hintern.

…

„Ich bin stolz, hier geblieben zu sein." sagt sie auf dem Nachhauseweg vom Angler II. „Das war nicht einfach in der Zeit des Chaos nach der Wende. Auf einmal war alles schlecht, was wir hatten und alle wollten nur weg und irgendwo neu anfangen." Mich überkommt ein ungutes Gefühl und ich frage mich, wie es ihr wohl erging, als ich plötzlich nicht mehr da war im September 1989. Als ich sie darauf anspreche, winkt sie ab und sagt: „Das ist Vergangenheit und so lang her, ich kann mich gar nicht mehr daran erinnern."

Nie zuvor (Electra)

Ostalgie wird häufig als Mangel an Integrationswillen, als Aufbegehren, die DDR wiederhaben zu wollen, missverstanden, lese ich auf Wikipedia. Es ist ein sogenanntes Kofferwort, was sich aus Osten und Nostalgie zusammensetzt und tatsächlich - das kann ich als bekennender Ostalgiker bestätigen - eine Form von Identität ist. In meinem Fall der Teil von mir, der auch nach 30 Jahren im Westen, seine Wurzeln im Osten hat und sich gern an diese Zeit erinnert. Aufgekommen ist der Begriff mit dem Kinofilm „Goodbye Lenin", eine Tragik-Komödie über das Leben in der DDR nachdem die Mauer schon gefallen war. Interessanterweise gab es zu DDR-Zeiten diese Art von Identität nicht. Vieles, was ich heute gut finde und was überliefert wurde, ist mir erst nach der Wende ans Herz gewachsen, weil es verbunden ist mit Erinnerungen an die Zeit meiner Kindheit und Jugend.

Nun bin ich wieder hier und merke, dass die Ost-Vergangenheit niemanden mehr interessiert. Im Gegenteil, alle sind froh, dass sie vorbei ist. Nur einer nutzt meine bekennende Ostalgie aus und fragt mich, ob wir nicht einmal eine Sendung zusammen machen wollen, die dieses Thema aufgreift: Mein lieber Bruder.

Ich bin gerührt und mache mir sogleich Gedanken über den Inhalt. Tim moderiert in seiner Freizeit unter dem Künstlernamen *Charlie* unterschiedliche Musiksendungen auf einem privaten Radiosender. Er hatte schon öfter mal Gäste in seiner Sendung, wie seine Töchter oder seinen CBM-Bandkollegen Roland und nun bin ich an der Reihe.

Ursprünglich wollten wir nur Ost-Songs spielen, aber ich finde das ein bisschen langweilig und schlage vor, all die Songs zu spielen, die ich in meiner Jugend so hörte, und das war tatsächlich nicht nur Musik aus dem Osten, wie man sich vorstellen kann.

Ich recherchiere, was das Zeug hält und erinnere mich dabei an viele Details aus der Zeit vor der Wende:

- wie *Udo Lindenberg* unbedingt mal im *Palast der Republik* spielen wollte und daraus der „Sonderzug nach Pankow" wurde
- wie ich als 14-Jährige zu „Live is life" von *Opus*, was tatsächlich ein Live-Konzert-Mitschnitt zum Jubiläum der Band war, tanzte und dabei gelbe Leggins mit Blumenprints trug
- wie mich der Film „Paul und Paula - die Geschichte vom Glück ohne Ende" berührte, durch den die *Puhdys* bekannt und berühmt wurden, weil sie den Titelsong „Geh zu ihr und lass deinen Drachen steigen" produzierten
- dass der Hit „Heißer Sommer", gesungen von *Frank Schöbel* die Titelmusik des ersten und wahrscheinlich einzigen Musikfilms der DDR war, in dem der Schlagersänger auch gleich die Hauptrolle spielte
- an den legendären *ABBA*-Film, den im Westen niemand kannte und den ich mit meiner Freundin

damals mindestens zehn Mal hintereinander angeschaut hatte, um zu Hause *Agnetha* und *Anni-Frid*
nachzumachen

- an *Tamara Danz*, der Sängerin von *Silly,* die mit Anfang 40 schon starb und deren Platz heute *Anna Loos*
  als Sängerin der noch immer existierenden Band ein-
  nimmt,
- an *Wolfgang Ziegler*, den *Roland Kaiser* des Ostens
- an das vorgeschriebene Verhältnis von 60% Ost- zu
  40% Westmusik in Diskotheken
- wie wir heimlich „Jeanny" von *Falko* hörten, das
  Lied, was damals nicht nur bei uns verboten war
- wie der Verkehrsstudio-Jingle immer dann lief,
  wenn wir gerade umständlich dabei waren, unser
  Lieblingslied während der sonntäglichen *NDR-Hit-*
  parade auf Kassette aufzunehmen
- dass es Musik gab, die so dreist abgekupfert
  oder dupliziert wurde, ohne dass jemand dahinter-
  kam, weil eine Mauer bzw. der Eiserne Vorhang davor war
- dass die Auflage der *Michael Jackson* Amiga Platte
  wesentlich höher war, als die Lizenzen es erlaubten
- dass der Titel „Nach Süden" von *Lift* eigentlich den
  Westen meinte und *Purple Schulz* mit Sehnsucht noch
  einen draufsetzte.

Als es soweit ist, werde ich hektisch und man muss mir
die Aufregung im Gesicht angesehen haben, denn Tim
kommt mit einem Bier, um mich zu beruhigen. Er spielt
einen Jingle und dann geht es auch schon los. *Charlie*
führt profimäßig und gelassen durch die Sendung, die

wir vom Sendestudio Schwerin (was in echt sein Schreibtisch zu Hause ist) über den Äther schicken und schafft es sogar, nebenbei seine kleine Tochter Marta zu bekochen und ins Bett zu bringen. Ich komme aus dem Staunen nicht mehr raus.

Er platziert all die mühsam recherchierten Hintergrundinformationen, wo es passt und erlaubt sich hier und da einen Scherz oder findet Analogien wie diese: „Hier ein Song aus der alten Zeit von *Keimzeit*. Ha, ha, ha!" oder er erzählt am Rande, wie der Liedermacher *Holger Biege* die „Biege" machte und von einem Auftritt im Westen nicht mehr zurück in den Osten kam. Als ich bei „Jugendliebe" von *Ute Freudenberg* lauthals mitsinge, dreht er mein Mikro auf und freut sich diebisch, weil er damit die Vorlage für seine nächste Moderation hat.

Zwischendurch stellt er mir Fragen und wenn ich nicht weiter weiß, Quatsch rede oder meinen Text vor Aufregung vergesse, springt er ein und rettet die Situation. Natürlich sind auch ein paar Patzer dabei, aber alles in allem ist es eine wunderbare Sendung geworden.

Die insgesamt 34 Zuhörer, die auch online live dabei sind, machen gut mit und kommentieren sowohl das Gesagte als auch die Musik. Sie bedanken sich am Ende sogar dafür, dass sie noch so viel dazu lernen konnten. Auch sechs bis acht Freunde von mir hören sich die Sendung an und geben mir danach allesamt positives Feedback für meine allererste Radiosendung. Wer weiß, vielleicht mache ich das noch einmal.

Unsere Playlist zum Nachhören:

Nationalhymne der DDR
Keimzeit – Maggie
Udo Lindenberg – Sonderzug nach Pankow
City – Am Fenster
Culture Club – Do you really want to hurt me
Wolfgang Ziegler – Du fehlst mir sehr
Karat – Über sieben Brücken musst Du geh'n
Udo Jürgens – Ich war noch niemals in New York
Silly – Bataillon d' amour
Olaf Berger – Es kommt so oder so
Depeche Mode – People are people
Puhdys – Wenn ein Mensch lebt
Opus – Live is life
Holger Biege – Sagte mal ein Dichter
Here we come – Electric Beat Crew
Chris Doerk & Frank Schöbel – Heißer Sommer
Ute Freudenberg – Jugendliebe
IC Falkenberg – Mann im Mond
Lift – Nach Süden
Wham! – The edge of heaven
Karat – Der blaue Planet
Alphaville – Big in Japan
Karussell – Als ich fortging
Falco – Jeanny
ABBA – Thank you fort he music
Chicorée – Käfer aufm Blatt
Purple Schulz – Sehnsucht
Familie Silly – Der letzte Kunde

Auf der Wiese (Veronika Fischer)

Der Mai ist gekommen, die Bäume schlagen aus. Das Filmkunstfest Schwerin ist in vollem Gange. Überall sieht man Werbung dafür. Ich gehe durch die Straßen und bin erfüllt von Stolz, denn ich habe eine VIP-Karte, mit der ich mir alle Filme anschauen kann, und zwar umsonst. Zu verdanken habe ich das meinem Bruderherz, der als technischer Leiter jedes Jahr dafür sorgt, dass alles reibungslos läuft. Dafür steht er Tag und Nacht „Gewehr bei Fuß", arbeitet bis tief in die Nacht und muss nach dem Fest immer erst einmal viel Schlaf nachholen.

Dieses „Theater" macht er jetzt schon seit vielen Jahren mit Freude und viel Leidenschaft. Als große Schwester ist es für mich immer toll, zu sehen wie beliebt und anerkannt er bei seinen Kollegen ist und auch, wie sehr er gebraucht wird während dieser filmkulturellen Woche, zu der tausende von Besuchern aus aller Welt nach Schwerin kommen.

Dieses Jahr kann ich die familiäre Beziehung zum ersten Mal so richtig ausnutzen und plane, mir 20 Filme anzuschauen. Meine Freundin Anita aus Hamburg kommt meiner Einladung zum Filmkunstfest nach und so hole ich sie am Freitag Nachmittag vom Bahnhof ab und wir starten sofort los in unseren Filmmarathon. Dafür haben wir uns schon im Vorfeld ein paar Filme ausgesucht, die wir uns gemeinsam anschauen wollen.

Schade ist nur, dass uns nach dem Filmerlebnis am Abend nichts anderes übrig bleibt, als direkt nach Hause zu gehen, da in Schwerin nicht einmal zum Filmkunst-fest etwas los ist. In solchen Momenten vermisse ich Ber-lin, wo sich die Stimmung von der Leinwand direkt auf die Straße zu übertragen scheint, wenn dort die *Berlinale* stattfindet. Aber ob Filmfest oder nicht, die Hauptstadt pulsiert ja eigentlich immer und lädt überall zu einem Absacker ein, selbst wenn man auf direktem Weg nach Hause gehen will!

Genau wie in Hamburg, wo Anita und ich uns im Spa-nischkurs an der Volkshochschule kennenlernen. Wir sind uns sofort sympathisch und treffen uns auch nach dem Unterricht immer häufiger auf einen Kaffee oder fei-ern die ein oder andere Party zusammen. Weil ich da-mals schon (im Wäschekeller vom Universitätskranken-haus Eppendorf) Flamenco tanze und mich auch nicht lang bitten lasse, bin ich immer gern gesehener Gast auf ihren Feten.

…

Als ich 1998 nach Madrid gehe, ist Anita die Erste, die mich besucht. Ich bin gerade einmal zwei Monate da, als sie mich anruft und fragt, ob sie mal kommen kann. Dass sie mit „mal" übermorgen meint, überrascht mich ir-gendwie nicht. Im Gegenteil, ich freue mich riesig über ihre Spontanität und die Gelegenheit, ihr meine Lieb-lingsplätze, Tapasbars und Flamencobühnen zeigen zu können und mich mit ihr zusammen dem Leben in Spa-niens Hauptstadt hinzugeben. Ich erinnere mich mit

Freude an diese unglaublich tolle Stimmung, das Gefühl, jung und frei zu sein und natürlich an die brütende Hitze im Juli, die uns nachts nicht schlafen lässt. Nur mit einem dünnen Kleidchen, ohne Jacke und Regenschirm, wie in Hamburg üblich, schlendern wir durch die Nächte und verbringen ein paar intensive Tage mit „ … baila, baila, baila, baila … baila, baila, baila me …", *tinto de verano*, *cervezas & cigarillos*, *porros & piropos*[53] in Madrid.

Später mache ich den Gegenbesuch in London, wo wir ein gemeinsames Wochenende mit Sightseeing, Pale Ale, Tanzen und Shoppen verbringen. Ich lerne noch die Sperrstunde kennen, nach der man um 22:00 Uhr die letzte Bestellung aufgeben und bis 23:00 Uhr den Pub verlassen muss. Und auch den berühmten Londoner Regen lasse ich nicht aus und freue mich sogar über dieses Naturschauspiel am Himmel. Reisen und Menschen oder Menschen, die reisen, das ist es, was Anita und mich verbindet und immer wieder zusammen führt, auch wenn wir räumlich oft weit voneinander entfernt sind. Wir bleiben immer in Verbindung und so kommt es, dass ich auf ihrer Hochzeit Flamenco tanze und Patentante ihrer ersten Tochter werde.

Meistens gibt es was zu feiern, wenn wir uns treffen und wenn es nur das Leben als solches ist, egal wie es kommt. Und klar, es kommt auch schon mal traurig, niedergeschlagen oder ängstlich daher, dann wird natürlich nicht gefeiert. Was aber wirklich schön ist, hat Anita mal so in

---

[53] tinto de verano ist ein beliebtes Sommergetränk in Spanien, bestehend aus Rotwein und Sprite mit vielen Eiswürfeln drin; cervezas & cigarillos sind übersetzt Bier & Zigaretten; porros & piropos sind Joints & Komplimente von spanischen Männern auf der Straße

Worte gefasst: „Auf der Zugfahrt durchs Leben begleiten wir uns schon sehr lange. Das ein oder andere Mal haben wir uns auf den langen, schmalen Gängen der Wagen aus den Augen verloren. Mal sitzen wir uns im selben Abteil gegenüber und plaudern. Mal wechselst Du und mal ich das Abteil und viele Wagons liegen zwischen uns. Dennoch sind wir bis heute im gleichen Zug, wohl wissend, dass der jeweils andere da ist, wenn man ihn braucht."

…

Jetzt stehen wir in meiner kleinen Wohnung und singen lauthals in meine Karaoke-Anlage, lachen, bis die Tränen kommen und tanzen so verrückt und wild wie immer. Zum Abschluss und weil wir zu aufgedreht sind, um sofort ins Bett zu gehen, machen wir uns, wie immer, *pan tumaca*[54] mit viel Knoblauch.

Am nächsten Morgen scheint die Sonne ganz wunderbar und wir beschließen das Filmkunstfest Filmkunstfest sein zu lassen und stattdessen mit dem Fahrrad durch die Stadt und den Schlossgarten zu fahren. Erstaunlicherweise ist hier ganz schön was los. Überall Buden und Kleinkünstler. Wir holen uns eine Bratwurst, setzen uns auf die Wiese vor dem wunderschönen Schloss und beobachten, wie ein interessiertes Publikum den Hut eines Keyboarders mit Münzen füllt.

…

---

[54] pan tumaca ist getoastetes Weißbrot mit Olivenöl, Salz und darüber geriebene Tomate, was wir immer durch Tomatenwürfel und zusätzlichem Knoblauch verfeinern

Mein Bruder, 9 Jahre alt, kauert mit heruntergezogenem Baseball Cap im Aluminium-Campingstuhl. Auf seinem Schoß, ein Mini-Keyboard, das er zu Weihnachten geschenkt bekam. Er ist umringt von Menschen, die so ein Ding mit integriertem Rhythmuscomputer noch nie gesehen, geschweige denn gehört haben. Tim, der seit drei Jahren am Konservatorium in Schwerin Klavierunterricht bekommt, weiß was er kann, ist aber sehr schüchtern. Mein Vater - gar nicht dumm - nimmt seinen großen, schwarzen Hut vom Kopf, schmeißt ein paar 2 und 5 Mark Stücke hinein und legt ihn vor die Füße meines Bruders, der gerade etwas von den Beatles spielt.

Die Zuschauer sind begeistert, klatschen und werfen ausschließlich 2 und 5 Mark Stücke in den Hut. Nachdem Tim sein gesamtes Repertoire ein Mal durch hat, bedankt er sich beim klatschenden und jubelnden Publikum und zählt sein Geld. Es sind mehr als 80 Mark! Mein Vater freut sich diebisch über seinen kleinen Trick, der zu 100% funktioniert hat und erlaubt Tim, mit dem erspielten Geld zu machen, was er will. Etwas überrascht aber glücklich geht er schnurstracks auf den Rummel damit und verplempert alles für Karussell-Fahren, Lose oder Eis und Süßigkeiten, wie das 9-Jährige eben so machen.

Wir sind schon zum zweiten Mal auf dem Pferdemarkt in Havelberg. Mein Vater liebt Pferde und hört von dem Spektakel auf einer großen Wiese zum ersten Mal im Jahr davor. An die 200.000 Händler, Pferdenarren und Schaulustige, so sagte man, kommen hier angereist, um mit

Pferden, Eseln und Ponys zu handeln oder eben einfach nur dabei zu sein. Also nimmt mein Vater uns mit, um sich das erst einmal anzuschauen, bevor er selbst mit Pferden handeln bzw. ein eigenes Pferd kaufen will. Meine Mutter packt nicht nur uns und ein paar Utensilien zum Zelten ein, sondern auch einen Steintopf voll mit selbst gemachtem Apfel-Zwiebel-Schmalz[55], Gewürzgurken, Salz und einige Mecklenburger Landbrote, die uns nur ein paar Pfennige beim Bäcker kosteten.

Auf dem Pferdemarkt in Havelberg gibt es, wie überall auf Veranstaltungen in der DDR, zwar Stände, an denen man allerhand Kunsthandwerk kaufen kann, aber kaum Imbissbuden. Also stellt meine Mutter kurzerhand unseren Alu-Campingtisch auf, schneidet und beschmiert die Brote mit Schmalz. Ich bestreue sie mit Salz, gebe eine Gurke dazu und kassiere 20 Pfennig pro Stulle, die die Leute von mir direkt auf die Hand bekommen (Servietten und Pappteller gab es nicht). Nachdem die ersten Kunden bedient sind, macht unsere spontane Geschäftsidee die sprichwörtliche Runde, so dass sich schnell eine Schlange vor unserem Campingtisch mitten auf der Wiese bildet und die paar Brote, die wir mit haben, in Null Komma Nix ausverkauft sind. Mein Vater ist so begeistert von dieser spontanen und dermaßen erfolgreichen Aktion, dass er für das darauf folgende Jahr etwas ganz Großes plant:

---

[55] Mutter's Erfolgs-Rezept

Man nehme 1 Zwiebel, 1 Apfel, 2 EL Majoran, 1 Stück Schweineschmalz
Zwiebel, Apfel schälen und klein schneiden, etwas Schmalz in einem Topf erwärmen und die Zwiebelstücke darin glasig braten, Apfel und Majoran und den Rest Schmalz dazu geben und verrühren. Das ganze in einen Steintopf geben und kühl stellen. Ab und zu mal umrühren und fest werden lassen.

HAMBURGER!

Der Pferdemarkt in Havelberg braucht Hamburger, beschließt mein Vater, denn Hamburger gibt es bei uns in der DDR nicht. Genauso wenig, wie all die Zutaten, die man für echte Hamburger so braucht: Ketchup, Majo, Scheibletten Käse, Salat, Tomate, Gurke. Das stört meinen Vater aber nicht, denn er hat Fantasie und weiß intuitiv, dass die Besucher des Pferdemarktes, die aus allen Teilen der Republik kommen, auch einen unechten Hamburger kaufen würden. Der besteht aus einem Klops im Brötchen, was auf der einen Seite mit Senf und auf der anderen mit Ketchup beschmiert und mit zwei, drei Scheiben Gewürzgurke dekoriert ist.

Also organisiert er 1.000, schon vorgebratene Klopse + 1.000 Brötchen, Senf, Ketchup und Gurken. Meine Mutter soll dann alles abholen, während mein Vater mit uns schon mal vor fährt.

Als sie im Laden steht, fragt sie der Bäcker, ob sie einen Hänger dabei hat. Natürlich nicht, denn meine Mutter hat keine Vorstellung davon, wie viel 1.000 Brötchen überhaupt sind. Irgendwie schafft sie es dann, auch ohne Hänger, mit den Brötchen und den Klopsen nach Havelberg zu kommen.

Das Braten der Klopse und der Verkauf soll in einer relativ großen Verkaufsbude stattfinden, die mein Vater lange im Voraus besorgt hatte. Was er allerdings vergessen hatte zu besorgen, war eine Genehmigung für den Verkauf von Lebensmitteln, weshalb wir anfangs nur sehr zögerlich versuchen, die Hamburger heimlich hinter der Bude zu verkaufen. Mit mäßigem Erfolg, wie man sich vorstellen kann.

Nach ein paar Bierchen geht mein Vater dann aber doch volles Risiko ein, macht Feuer unter den Großküchen-Pfannen und öffnet kurzerhand die Bude. Jeder von uns hat seine Aufgabe: Meine Mutter und ihre Freundin braten die Klopse, mein Vater und mein Bruder bereiten die Brötchen mit Senf, Ketchup und Gewürzgurken vor, um sie nach und nach mit heißen Klopsen zu bestücken. Ich gebe sie den Leuten auf die Hand und kassiere ab. Das klappt prima, denn ich habe ja schon die Schmalzstullen-Erfahrung aus dem Vorjahr.

Theoretisch sah die Rechnung meines Vaters so aus: Verkauf eines Hamburgers ca. 1 Minute x 1.000 Stück = 16 ½ Stunden. Praktisch hatten uns die Leute aber in 2 - 3 Stunden alle 1.000 Hamburger für 2 Mark pro Stück aus den Händen gerissen. D.h. statt einer Minute müssen es 10 - 12 Sekunden pro Hamburger gewesen sein. Das war schneller als die Polizei erlaubt, denn als die irgendwann kam, war schon alles vorbei, die Burger verputzt und wir fix und fertig.

Nach einer Verschnaufpause geht's dann mit „alle Mann" auf den Jahrmarkt nebenan. Vor einem Zelt aus dem Gejubel und Gekreische zu hören ist, bleiben wir stehen und warten geduldig, bis man uns rein lässt und platziert. In der Mitte ist ein riesiges Teufelsrad[56], was

---

[56] Fahrgeschäft auf Jahrmärkten, zu DDR-Zeiten auch „Taifun" genannt, ist ein Geschicklichkeitstest für mutige Mitfahrer und sorgt für Belustigung und Schadenfreude bei den Zuschauern. Auf YouTube findet man sehr lustige Videos dazu. Heute ist es nicht mehr erlaubt, darauf zu stehen.

sich erst langsam und dann immer schneller dreht. Mutige Mitfahrer versuchen sich darauf zu halten und nicht durch die Zentrifugalkraft nach außen geschleudert zu werden. Das ist so lustig anzuschauen, dass wir uns die Bäuche vor Lachen halten und uns Tränen über die Wangen laufen. Wer sich bis zum Schluss hält, dem gebührt tosender Applaus und Jubelrufe aus dem Publikum.

Der Eintritt berechtigt zum Zuschauen einer Runde, was uns natürlich nicht reicht. Wir bleiben einfach sitzen, und mein Vater holt uns noch ne Runde Eintrittskarten. Er traut sich dann auch selbst auf das Rad und animiert seinen Kumpel, es ihm gleich zu tun. Es ist herrlich ihnen zuzuschauen: sie laufen, stolpern, fallen, stehen wieder auf, halten sich an anderen fest, kriegen einen Ellenbogen in die Rippen oder ins Gesicht. Und wir, wir hoffen, dass ihnen nichts Ernsthaftes passiert, denn trotz der Polsterung an den Wänden, ist dieses Fahrgeschäft nicht ganz ungefährlich. Tatsächlich geht mein Vater dann auch mit einem schmerzenden Knie und sein Kumpel mit einem blauen Auge nach Hause bzw. zu unserem Zelt. Aber der Spaß war es Wert und jedes Mal, wenn wir uns darüber unterhalten, lachen wir wieder Tränen.

Unbezahlbar solche Momente!

Wind trägt alle Worte fort (Lift)

In einem ausführlichen Telefonat mit Silvie wird recht schnell klar, wohin die Wanderreise dieses Jahr gehen soll. An die Ostsee. Ich bin erstaunt, dass sie da noch nie war. Aber klar, wenn die Bayern Meer wollen, dann fahren sie gen Süden nach Italien oder Frankreich, nicht gen Norden, der nicht nur viel weiter weg ist, sondern auch keine Schönwetter-Garantie bietet. Zum Wandern ist das Wetter Nebensache und da ich ja jetzt wieder im Norden wohne, will ich meiner ur-bayrischen Freundin nun endlich auch einmal die Ostseeküste zeigen, um zu beweisen, dass diese auf jeden Fall mit den Stränden Italiens und Frankreichs mithalten kann.

Die erste Hürde besteht allerdings darin, dass es keine Hütten auf dem Wanderweg gibt, den ich ausgesucht hatte. Unsere bisherigen Routen, die wir regelmäßig ein Mal im Jahr zusammen planen, versuchen wir immer so zu wählen, dass wir von Hütte zu Hütte wandern können, um möglichst keinen Weg doppelt gehen zu müssen. Ob auf Korsika, La Gomera, Mallorca oder Berchtesgaden, überall standen uns bisher Wanderhütten zur Verfügung. Nur, wenn wir zwischendurch auch mal eine Nacht ohne schnarchende Mitschläfer verbringen wollen, gönnen wir uns ein Hotel.

Einzig in Kroatien ist das nicht so einfach, aber da haben wir das Glück, zum ersten Mal nicht allein, sondern mit einem kroatischen Wanderführer von der Bergwacht und seinem Hund durch die Berge zu kraxeln. Er sorgt für Übernachtungsmöglichkeiten, die in keinem Wanderführer aufgelistet sind und bewahrt uns ansonsten vor Minenfeldern, die es in den kroatischen Bergen leider immer noch gibt, Bären, Schluchten und Schlangen. Wir sind also einiges gewöhnt und lassen uns nicht so schnell abschrecken. „Es wird einen Grund geben, warum ausgerechnet der Ostseeküsten Wanderweg E9, der zu den europäischen Fernwanderwegen gehört, keine Hütten hat", denke ich. Jedenfalls nicht da, wo wir wandern wollen,[57] denn insgesamt ist der Weg 5.000 km lang und führt von Portugal entlang der Atlantik-Küste hoch zur Nord- und Ostsee bis nach Estland.

Der kleine etwa 80 Kilometer lange Abschnitt, den ich uns raus gesucht habe, führt von Heiligendamm nach Zingst durch das weite, platte Land Mecklenburg-Vorpommerns und seiner schönsten Küsten. Er ist als „mittelschwer" beschrieben, was ich angesichts der Tatsache, dass es ja nun gar keine großen Auf- und Abstiege gibt, übertrieben finde.

Dass kilometerlanges Geradeauswandern, über Felder, durch Wälder, teilweise auf Straßen oder durch Strandsand mit Wind und/oder Regen von vorn und mit falschem Schuhwerk auch „mittelschwer" bis „sehr schwer" sein kann, ahne ich da noch nicht und versuche zunächst verzweifelt Unterkünfte für uns zu organisieren.

---

[57] Erst nach und nach verstehen wir, dass der von uns gewählte Abschnitt wohl eher ein Rad-Wanderweg war und als solcher nicht so unbedingt für Wanderfreunde zu empfehlen ist.

Alle günstigen Hostel's und Hotels in der Nähe unserer Route sind ausgebucht, so dass wir auf sehr viel teurere Unterkünfte als sonst ausweichen müssen. Ehrlich gesagt bin ich froh, überhaupt etwas zu finden für die fünf Nächte an fünf verschiedenen Orten mitten in der Saison. Zwischenzeitlich verzweifle ich und denke: „Das gibt es doch nicht. Was auf der ganzen Welt geklappt hat, muss doch in meiner Heimat, wo die Leute sogar die gleiche Sprache sprechen wie ich, viel einfacher sein!" Ist es aber nicht. Oder sagen wir mal so: Es hat seinen Preis. Zum Glück ist meine Freundin kein Sparfuchs und kommentiert meine Hotel-Liste inkl. Preise mit den Worten: „Ein bisschen Luxus nach der Anstrengung wird unseren alten Knochen gut tun." Ich bin mal wieder sehr froh über ihren trockenen Humor.

Es zeichnet sich ab, dass wir Ende Juli wunderbar warmes Wanderwetter haben werden, also entschließe ich mich, die dicken Wanderschuhe zu Hause zu lassen und sie durch leichte Turnschuhe, Wander-Sandalen und Flip Flops zu ersetzen. Silvie, die nur mit Handgepäck von München nach Hamburg fliegen will, kommentiert dies mit „Eine sehr gute Idee!" und tut es mir gleich, denn sie ist froh um jedes Gramm, was sie nicht mit in den Flieger nehmen muss.

Nachdem ich sie vom Hamburger Flughafen abgeholt habe, machen wir es uns mit einem Käffchen auf meinem Balkon gemütlich und ich präsentiere ihr meinen Plan für Tag Eins. Von Schwerin soll es mit der Bahn nach Bad Doberan gehen. Dort, so meine Überlegung, suchen wir unser Hostel, stellen die Sachen ab und fahren dann ganz gemütlich mit dem *Molli*[58] nach Heiligendamm. Wir genießen den Strand und das Meer bis die Sonne untergeht und schauen schon mal, wo wir am nächsten Tag lang wandern würden.

Soweit der Plan. Tatsächlich kommen wir bis Neubukow. Dort springen wir gut gelaunt im letzten Moment aus der Bahn, weil wir einfach Lust haben zu wandern. Das Wetter ist toll, wir sind fit und so stiefeln wir los, wobei stiefeln in dem Fall das falsche Verb ist, denn wir laufen barfuß in Sandalen und man hätte meinen können, wir sind die totalen Wander-Anfänger.

Die Strecke bis zu unserem Hostel soll in 3 – 4 Stunden zu schaffen sein, also machen wir nach 2 ½ Stunden, in denen wir über abgeerntete Felder und durch kühle stille Nadel- und Laubwälder gegangen sind, zum ersten Mal Pause und merken, dass die Sandalen an mehreren Stellen scheuern. Zu spät! Die ersten Blasen sind deutlich zu spüren und müssen getaped werden. Wir wechseln das Schuhwerk und hoffen, während wir ziemlich erschöpft unseren Kaffee an der Raststätte trinken, dass wir in unseren Turnschuhen (dieses Mal mit Socken) die Blasenentwicklung wenigstens etwas aufhalten können.

Die noch vor uns liegende Strecke zieht sich und verläuft teilweise an einer Schnellstraße entlang, aber die Sonne scheint herrlich und wir sind trotz brennender Füße immer noch gut gelaunt. Für den vermeintlich „kurzen"

---

[58] Dampfbetriebene Schmalspurbahn, die ihren Namen angeblich einem Mops, namens Molli zu verdanken hat. Seine Halterin war Fahrgast der ersten Stunde.

Weg brauchen wir am Ende sechs Stunden und kommen total fertig, erschöpft und mit dicken, fetten Blasen unter den Füßen im Hostel an. Wir schmeißen uns aufs Bett und können keinen Schritt mehr tun. „Wie nur sollen wir die nächsten vier Wandertage durchstehen, wenn wir es heute wahrscheinlich nicht einmal mehr bis zur Dusche schaffen?", frage ich Silvie, die wie ich mit angezogenen Schuhen auf dem Bett liegt. „Es wird schon gehen", antwortet sie und wir müssen beide lachen über den Wortwitz.

Tag Zwei startet mit einem sehr zeitigen Frühstück direkt gegenüber der Bahn-Station in Bad Doberan Mitte. Wir sind beide „frühe Vögel" und freuen uns immer zu sehen, wie die Natur und die Menschen erwachen, sobald die Sonne aufgeht. Mit dem *Molli* rasen wir nach Heiligendamm, dem ältesten Seebadeort Europas in der Mecklenburger Bucht und sind froh, noch ein bisschen Zeit schinden und sitzend aus dem Fenster schauen zu können, bevor es in Kürze weiter geht auf dem Wanderweg nach Warnemünde. Jeder hängt seinen Gedanken nach und ich empfinde es wieder einmal als äußerst wohltuend, gemeinsam schweigen zu können. Dass Schweigen mehr wiegt als jedes Wort, begriff ich erst durch unsere Wanderungen. Wenn irgendwann alles gesagt ist und man schweigend geht, beginnt das tiefe Verständnis für sich selbst, den anderen und die Welt. Das ist magisch.

Der heutige Wanderweg führt hinter den Dünen entlang und ist relativ stark von Fahrrädern befahren. Die Touristen auf Rädern schauen uns mitleidig an. Sie verstehen nicht, warum wir mit unseren prall gefüllten Trekking-Rucksäcken und jeder mit einem, im Wald gefundenen, Wanderstock aus Holz, die Promenade entlang gehen. Und auch wir fühlen uns irgendwie fehl am Platz und müssen uns mehrmals vergewissern, dass wir überhaupt auf dem richtigen Weg sind.

Als es anfängt zu regnen, ist es nicht mehr weit bis zu einem Waldstück. Das ist unser Glück, denn der Wald schützt vor dem immer stärker werdenden Regen. Eine Erkenntnis, die uns wieder einmal die Wunder der Natur vor Augen führt. Mittlerweile gehen wir in Flip Flops, und zwar so langsam, dass die aufdringliche „Kommandeurin" unseres Wander-Navi's wohl denkt, wir machen Pause, denn sie zeigt eine durchschnittliche Geschwindigkeit von 0,00 km/h an und hält ausnahmsweise mal die Klappe. Wir trotten noch eine Weile durch den Wald, über Stock und Stein, bis wir uns für eine „echte" Pause entscheiden und auf eine Bank zusteuern, von der aus wir einen tollen Blick auf die Ostsee und das nahegelegene Warnemünde haben. Die Äpfel, die ich schon zwei Tage mit mir im Rucksack herumschleppe, haben schon einige Druckstellen. Sie schmecken dennoch fantastisch und wir sind dankbar für diesen köstlichen Moment der Ruhe.

In Warnemünde angekommen, schüttet es wie aus Kübeln. Als der Regen auch nach 15 Minuten, die wir unter einem Baum verbringen, nicht aufhört, beschließen wir, die letzten paar Meter barfuß über den Asphalt zu gehen. Immerhin können wir unser Ziel schon sehen. Einen Schritt vor den anderen setzend erreichen wir nach einer

Ewigkeit das Hostel. Als wir triefend nass an der Rezeption stehen und nach unserem Schlüssel fragen, reißt plötzlich der Himmel auf und die Sonne kommt, so kurz vor ihrem Untergang, noch einmal raus. Wir schleppen uns kopfschüttelnd und über uns selbst lachend ins Zimmer und sind heute doppelt froh über die warme Dusche und das frisch bezogene Bett. Es ist ein Doppelstockbett und leider habe ich das Los gezogen, oben zu schlafen. Ich komme vor lauter Muskelkater und Fußschmerzen kaum die Leiter hoch und Silvie muss sich das Lachen verkneifen, als sie mich mit meinem Körper kämpfen sieht. Endlich oben, mummle ich mich ein und denke noch: „Wie wenig man braucht, um glücklich zu sein", bevor ich erschöpft und erfüllt von diesem Tag, schnell einschlafe.

Am Tag Drei wollen wir von Warnemünde nach Dierhagen auf dem Darß wandern. Voher müssen wir allerdings noch Blasenpflaster-Nachschub besorgen. Als wir in der Apotheke sitzend unsere lästigen, mittlerweile riesigen Blasen unter den Füßen sehen, sind wir uns schnell einig: Wir können damit unmöglich 25 km zu Fuß am Strand entlang wandern.

Also nehmen wir statt der Fähre zur Hohen Düne den Zug nach Rostock, steigen dort um in die Regionalbahn nach Ribnitz-Damgarten und tuckern weiter mit dem Bus bis zum Hotel. Wer hätte gedacht, dass der E9 entlang der Ostseeküste, ohne Auf- und Abstieg uns dazu zwingen würde, auf öffentliche Verkehrsmittel umzusteigen? Ein Gefühl des Versagens überkommt uns und kratzt am Wander-Ego, allerdings nur so lange, bis wir freudig feststellen, dass wir das Luxus-Hotel, was wir für diese Nacht gebucht hatten, schon viel früher als erwartet erreichen würden.

Wir leihen uns - voll fit - ein Fahrrad aus und fahren damit bis nach Ahrenshoop, um schon mal die Strecke, die wir am nächsten Tag barfuß am Strand entlang wandern wollen, zu erkunden. Wir radeln durch den malerischen Ort, der schon immer viele Künstler anzog. „Hier", erzähle ich Silvie „soll auch irgendwo die Grenze zwischen Mecklenburg und Vorpommern verlaufen." Zurück in Dierhagen gehen wir am Hafen Fisch essen und beobachten danach den Sonnenuntergang am Strand. Zurück im Hotel hauen wir uns mit Chips und Bier aus der Mini-Bar vor den Fernseher und schauen einen Krimi.

Es geht um ein Geisterhaus. Die Bewohner und der Kommissar nehmen im Schneidersitz auf dem Parkettboden platz und halten sich im Kreis an den Händen. Ein umgedrehtes Glas steht vor ihnen in der Mitte, das Alphabet sowie die Zahlen 0 bis 9 wurden rund um das Glas mit Kreide auf den Boden geschrieben. Links und rechts neben dem Glas die Antworten >Ja< und >Nein<. Alle Anwesenden lauschen dem Kommissar, der erklärt, was gleich passieren wird. Dann schauen sich alle tief in die Augen, werden ganz ernst und rufen drei Mal hintereinander: „Geist, Geist, wir rufen dich! Geist, Geist erscheine!" Dann legen sie erwartungsvoll ihren jeweils rechten Zeigefinger auf das Glas und der Kommissar stellt die erste Frage.

…

Schwerin, Frühjahr 1987

„Wie lauten die Lottozahlen am Wochenende?" will Tim wissen, nachdem der Geist uns versichert hat, dass er auch wirklich anwesend ist und übernatürliche Fähigkeiten hat.

…

Die Geistersitzung findet bei Vollmond in meinem Zimmer am runden Holztisch statt, das nur durch ein paar Kerzen erleuchtet ist. Bekannte aus Hamburg hatten uns von diesem mystischen Spiel erzählt und uns die Regeln sowie die Rituale ausgiebig erklärt, damit es auch wirklich funktioniert. Der Tisch musste aus Holz und rund sein, der Mond musste voll sein und unter den Mitspielenden musste jemand sein, dessen Sternzeichen Fische ist.

Wir hatten alle Bedingungen erfüllt, Buchstaben und Zahlen auf Papier geschrieben, ausgeschnitten und an den Rand des Tisches gelegt. Nachdem wir den Geist mehrfach gerufen hatten, legten Tim, meine Cousine Manja (Sternzeichen Fische) und ihre Freundin Ulli ihre Zeigefinger auf das umgedrehte Schnapsglas in der Mitte des Tisches. Ich hatte mir in den Kopf gesetzt, den Geist zu fotografieren und warte in einer Ecke des Raumes mit meinem Fotoapparat gespannt darauf, dass er sich vielleicht auch optisch irgendwie zeigt[59].

Keiner von uns kann wirklich glauben, dass ein Geist im Spiel ist, auch wenn wir auf unsere anfangs banalen

---

[59] Videokameras gab es damals noch nicht.

Fragen zu Herkunft und Namen des Geistes, der uns angeblich erschienen war, bereits verblüffende Antworten bekommen. So rückt das Glas in Windeseile auf die Buchstaben H, O, R, S und T als wir nach seinem Namen fragen und auf die Zahlen 1, 9, 2, 7 als es um sein Todesjahr geht. Jeder denkt vom anderen, dass er schiebt und schummelt, auch noch als Horst uns seinen Beruf verrät, indem er auf die Buchstaben S, C, H, M, I, E und D geht.

Dann stelle ich eine Frage, ohne den Finger auf dem Glas zu haben. Die Antwort des Geistes verschlägt mir für Sekunden die Sprache und lässt mir einen Schauer über den Rücken laufen: „Wo ist mein Vater jetzt?" frage ich Horst. Alle halten für einen Moment den Atem an und warten darauf, was passiert während sie ihre Finger auf dem umgedrehten Schnapsglas haben. Dann bewegt es sich über den Holztisch zu den Buchstaben K, N, A, S und T.

Das ist gruselig, denn tatsächlich befindet sich mein Vater gerade in Untersuchungshaft. Nur ich weiß davon und nicke offenen Mundes, als mich drei Augenpaare ansehen und entsetzt fragen, ob das stimmt. „Waaas? Das ist echt wahr? Papi ist im Knast?" Tim ist außer sich, weil er davon nichts wusste. Ich versuche ihn zu beruhigen und verspreche, dass wir gleich nach der Geistersitzung darüber reden können. Auch die anderen Beiden sind total fertig. Zum einen, weil mein Vater im Knast ist, zum anderen, weil sie es von Horst, dem Geist erfahren haben. Einen Moment lang herrscht Stille und jeder ist irgendwie in sich gekehrt.

Tim bricht das Schweigen und sagt: „Das ist der Beweis. Horst ist wirklich ein Geist. Und er weiß wahrscheinlich alles." Nun will er schnell die nächste Frage stellen, bevor es sich der Geist anders überlegt und wieder verschwindet.

…

„Wie lauten die Lottozahlen am Wochenende?"

Nach einiger Zeit des Wartens und ein paar komischen Antworten, die mir Zeit geben, Papier und Stift zu holen, geht es plötzlich los. Horst (oder wer auch immer) bewegt das Glas auf die Zahlen zu und macht zwischen jeder vollständigen Zahl eine etwas längere Pause. Ich schreibe sie nacheinander auf und bin fasziniert, wie schnell und zielsicher unser Geist auf die Zahlen zugeht: 5, 6, 27, 18 und 2. „Den Zettel dürfen wir nicht verlieren", denke ich noch und will ihn später für Manja und Ulli abschreiben.

Dann passiert nichts mehr. Wir stellen noch ein paar Fragen, aber irgendwie ist die Luft, oder besser gesagt der Geist raus. Nach Stunden der Aufregung glühen unsere Wangen und wir verabschieden uns von Horst, wie es das Ritual verlangt, öffnen das Fenster und lassen ihn von dannen ziehen. Das Fotografieren hatte ich in der Aufregung total vergessen aber es gab ja auch nichts zu fotografieren. Der Geist bewegte zwar die Vorhänge als er kam und ließ das Kerzenlicht flackern, aber sehen konnten wir ihn nicht, nur spüren.

Nach diesem Ereignis und den Lottozahlen auf einem Zettel, können wir den kommenden Sonntag kaum erwarten. Da wir selbst noch nicht Lotto spielen dürfen, nerven wir unsere Eltern solange, bis sie uns zuliebe einen Lottoschein mit unseren Zahlen ausfüllen und abgeben.

Dann kommt der Sonntag und pünktlich um 19 Uhr sitzen Tim und ich vor unserem, Ulli mit ihrer Mutter vor ihrem und meine Cousine Manja vorm Fernseher ihrer Großeltern, um gemeinsam im 1. Programm des DDR-Fernsehens *Tele-Lotto* zu schauen. Gespannt warten wir auf die erste von 5 aus 35 Zahlen. Bis es soweit ist, vergeht eine Ewigkeit und wir rutschen vor Aufregung auf unserem Sessel hin und her. So interessiert wie heute, hatten wir noch nie DDR-Fernsehen geschaut. Dann rollt die erste Kugel durch den gläsernen Darm und kippt die 9 um. Sofort vergleichen wir sie mit den Zahlen auf unserem Zettel, aber sie stimmt mit keiner überein und wir sind sehr enttäuscht.

Die Ziehung der Lottozahlen im DDR-Fernsehen ist ein bisschen wie das Öffnen eines Adventskalenders. Hinter jeder Gewinnzahl steckt eine kleine Darbietung. Von Gesang über Tanz bis hin zum Kurzkrimi ohne Leiche ist alles dabei. Doch was für viele gute Sonntagabend-Unterhaltung ist, wird für uns zur Folter. Dann rollt endlich wieder die Kugel und haut die zweite Zahl um. Wieder schauen wir erwartungsvoll auf unseren Zettel. Wieder werden wir enttäuscht. Auch die dritte und vierte Zahl ist nicht auf unserem Zettel notiert und wir werden langsam sauer auf Horst, der uns scheinbar verarscht hat.

Erst die fünfte und letzte Zahl stimmt, aber mit nur einer richtigen Zahl gewinnt man keine Lotterie[60].

Tage vergehen und wir vergessen unseren Geist Horst und die Lottozahlen, bis es am darauf folgenden Sonnabend noch spät abends an unserer Tür klingelt. Manja und Ulli stürmen an unserer Mutter vorbei direkt in mein Zimmer. Tim und ich trotten verdattert hinterher und schließen die Tür hinter uns. Ulli erzählt völlig aufgeregt, was sie gerade erlebt hatte. Ihre Mutter verfolgte wie jeden Tag die Nachrichten im Westfernsehen. Weil sie sich danach zusammen einen Film anschauen wollten, kommt Ulli ins Wohnzimmer, als gerade die Lottozahlen verlesen werden. Sie traut ihren Augen und Ohren nicht, als die Sprecherin die Zahlen vorliest: 15, 2, 27, 6, 5 und 18. „Das sind doch die Zahlen, die Horst uns genannt hat", sagt sie aufgeregt, holt ihren Zettel raus und tatsächlich, die Zahlen stimmen bis auf eine alle überein. Ihre Mutter weiß gar nicht, was los ist und fragt, wer denn dieser Horst sei. „Das verstehst Du nicht, Mutti!", antwortet Ulli und rennt in den Flur. Sie ist schon dabei, sich ihre Jacke anzuziehen, als ihre Mutter hinterher ruft: „Wo willst du denn jetzt noch hin? Ich denke, wir wollen einen Film schauen?" „Ich muss ganz dringend noch mal zu Manja", antwortet Ulli und fügt hinzu: „Es ist wirklich sehr wichtig."

Jetzt sitzen wir auf dem Boden meines Zimmers und sind total fertig. „Stellt Euch vor, im Westen wären wir jetzt

---

[60] Während die westdeutschen Lottozahlen „6 aus 49" im Internet zu finden sind, konnte ich keinerlei Statistik zu den ostdeutschen Lottozahlen "5 aus 35" von *Tele-Lotto* recherchieren.

Millionäre", sagt Tim, fix und fertig mit der Welt. „Und dann?", fragt Manja, die versucht, sich ein Leben als Millionärin im Westen vorzustellen. „Keine Ahnung", sagen wir drei wie aus einem Munde, denn so viel Geld ist für uns unvorstellbar. „Wahrscheinlich besser so", sage ich nachdenklich „ihr wisst doch, Geld macht nicht glücklich."

…

Silvie und ich schaffen es zu Fuß noch bis Prerow, dem Ort an der Ostsee, wo ich oft mit meinen Eltern auf dem Campingplatz direkt hinter den Dünen gezeltet habe. „Da war hier überall noch FKK[61] angesagt", erzähle ich ihr. Heute darf man nur noch an wenigen Stellen nackt baden. Die ausgeschilderten Zonen sind meist direkt neben dem Hundestrand. Das empfinde ich manchmal schon als Diskriminierung, aber so oft bin ich nun auch nicht an der Ostsee und die Zeiten haben sich eben geändert.

Wir verbringen die letzten Stunden schweigend am Strand und lassen uns den Wind um die Nase wehen, während die Möwen mit den Kindern um die Wette kreischen.

---

[61] FKK bedeutet Freie Körper Kultur. Auf den Campingplätzen hinter den Dünen wurde sogar nackt gekocht, gegessen und abgewaschen. Heute unvorstellbar.

Sommer adé (Schubert-Formation)

W ährend der Sommer 2018 als Jahrhundertsommer in die Geschichte eingehen wird, ist der darauf folgende eher mäßig und wird sich in mein Gedächtnis als der Sommer einprägen, in dem mein *Smart Fortwo Cabrio* absoff.

Das Unwetter Ende August wurde in allen Medien angekündigt und ich bin sehr froh, dass ich es gerade noch so nach Hause schaffe an diesem schönen Tag, den ich ganz allein mit einem Buch an der Ostsee auf der Insel Poel verbrachte. Kurz vor Schwerin muss ich mein Faltdach schließen, weil die ersten Tropfen fallen und aus der Ferne höre ich es auch schon donnern und krachen. Ich schaffe es gerade noch so in die Schelfstadt, wo ich wohne. „Bevor ich hier groß rum suche", denke ich, während es schon wie aus Eimern schüttet „parke ich mal lieber hier auf dem großen Supermarkt-Parkplatz und warte, bis der Starkregen vorbei ist." Nach ca. 45 Minuten hat der allerdings immer noch nicht aufgehört und als ich aus dem Fenster sehe, bin ich umringt von Wasser und komme mir vor, wie in einem Boot. Es fehlen vielleicht noch zwei Zentimeter bis zur Unterkante der Fahrertür. Ich zögere nicht lang, nehme meine Strandsachen, ziehe meine Schuhe aus, raffe mein Kleid bis über die Knie, öffne vorsichtig die Tür und schaffe es gerade noch so auszusteigen, dass das Wasser nicht in den Fußraum des Wagens läuft. Ich denke: „Da ist sicher alles abgedichtet. Da passiert schon nichts, wenn ich den Wagen hier jetzt stehen lasse. Was soll ich auch sonst tun?" Ich habe keine Wahl, also stakse ich durch das knietiefe Wasser vom Parkplatz nach Hause.

Die halbe Altstadt steht unter Wasser, lese und sehe ich im Internet. Schwerin ist sogar in der 20:00 Uhr Tagesschau! Viele Keller, Tunnel und sogar Parkhäuser sind voll gelaufen. Die Wassermassen können von den Gullys nicht bewältigt werden und bahnen sich ihren Weg durch die Straßen der Stadt. Polizei und Feuerwehr sind pausenlos, die ganze Nacht über, im Einsatz. Nur einen Tag später scheint die Sonne wieder und alles ist trocken, auch mein Auto und alles drum herum.

Ich steige ein, starte den Motor und denke noch: „Wunderbar, alles ok." Leider komme ich nicht besonders weit und muss an der nächsten Ecke den Abschleppdienst rufen. Nach vielen Wochen des Wartens, teilt meine Versicherung mir mit, dass die Reparatur des Wagens den Restwert übersteigen würde und sie den Fall deshalb als Totalschaden einstufen. Das Wasser muss also doch irgendwie in den Innenraum gekommen sein, durch die Fußmatte hatte ich es beim Starten gar nicht bemerkt. Die gesamte Elektrik, die sich beim Smart im Fußraum befindet, wurde dadurch lahm gelegt. Nach dem Telefonat mit meiner Versicherung, gebe ich den Kampf mit den Tränen auf und heule lauthals los. Ich hatte den Wagen erst vor sechs Wochen aus Hamburg geholt und war so verliebt in diese kleine Knutschkugel, für die ich immer einen Parkplatz in der Stadt fand. Ich bin untröstlich und deshalb besonders dankbar für die Reaktionen meiner Familie. Mein Vater lacht lauthals los, während ich ihm unter Tränen die ganze Geschichte erzähle und sagt dann: „Ach Jule, das ist doch nur ein Auto. Sei froh, dass Dir nix passiert ist. Das wäre viel schlimmer!" Damit hat er natürlich vollkommen recht, aber es ist trotzdem ein großer Mist. Und vor allem, ich bin jetzt wieder ohne Auto und weiß nicht, wie ich im Winter zur Arbeit kommen soll.

Inzwischen habe ich nämlich bei *Orange Blue*, meinem Wunscharbeitgeber in Schwerin, angefangen. Dort habe ich nicht nur eine spannende Aufgabe, sondern kann auch meine selbstständige Tätigkeit als Trainerin fortführen. Das ist ja auch nicht immer selbstverständlich. Aufmerksam geworden bin ich auf die „Orangen", wie sie sich selbst gern nennen, auf einigen Events, die sie veranstalteten. Ich fand sie jedes Mal sehr sympathisch und es schien, als wenn deren Mindset und Unternehmenskultur gut zu mir passen würden. Das i-Tüpfelchen war dann noch das Büro mit Blick auf den Schweriner See. Den Mitarbeitern wird dort frisches Obst, Kaffee, Wasser und Softgetränke zur Verfügung gestellt und zwei Mal die Woche wird gekocht. Beim gemeinsamen Mittagessen darf dann über alles gesprochen werden, außer über die Arbeit. Das ist eine Regel vom Chef, der möchte, dass sich die Mitarbeiter untereinander besser kennenlernen. Ansonsten gibt es wenig starre Regeln, nur ein paar Termine, wie das monatliche Meeting, bei dem die Unternehmensnews verkündet werden. Insgesamt erlebe ich kooperatives Miteinander, jeder hilft jedem und alle fühlen sich für den Erfolg verantwortlich. Die Unternehmenskultur, zumindest was ich in den ersten Wochen und Monaten so wahrnehme, erinnert mich an meine Zeit in Hamburg und meinen ersten Job nach der zweiten Ausbildung mit 24 Jahren.

…

Hamburg, Sommer 1995

Da mein Ausbildungsbetrieb von den 30 Auszubildenden nur für drei einen Arbeitsplatz bieten kann, bewerbe ich mich nach meinem Abschluss bei der Media-Unit einer Werbeagentur, die ihre Büroräume am Jungfernstieg hat und werde gleich am nächsten Tag zum Bewerbungsgespräch gebeten. Da es noch kein Internet gibt, gehe ich ziemlich blauäugig, man könnte auch sagen unvorbereitet, in dieses Gespräch und tappe von einem Fettnäpfchen ins nächste.

Als Erstes frage ich die Dame, die mir die Garderobe abnimmt, ob sie gerade erst eingezogen wären, weil alles noch so weiß, kahl und ordentlich aussieht (ich kannte bis dato nur die mit Bildchen, Pflanzen und Stehrumchen voll gestellten Schreibtische der Mitarbeiter im Medienkonzern). „Das ist unsere Firmenphilosophie", entgegnet sie mir. Im Laufe des Gespräches, in dem mir drei Personen gegenüber sitzen, fragt man mich, ob ich eine Vorstellung davon hätte, welche Kunden sie so betreuen. Hatte ich natürlich nicht, also antworte ich mehr so fragend: „Große?" Die nickenden Köpfe meiner Gesprächspartner bestätigen mir, dass das wohl richtig geraten war. Dann wollen sie noch wissen, wie viel Werbebudget diese denn so ausgeben im Jahr. Auch hier antworte ich mit einer Frage: „Drei Millionen?" Damit liege ich leider total daneben. Richtig wären 30 Millionen gewesen, aber woher sollte ich das denn wissen?

„Das war ja wohl nix", denke ich auf dem Weg mit der U-Bahn nach Hause, „aber wo alles so kahl und weiß ist, da fühle ich mich wahrscheinlich auch gar nicht wohl." Damit ist die Sache für mich abgehakt. Als ich zu Hause ankomme, blinkt mein AB[62]. Man hatte mir eine Nachricht hinterlassen, in der man sich für das Gespräch bedankte und mich gleich zum nächsten einlud, bei dem es dann nur noch um mein Gehalt gehen sollte. Ich bin platt und freue mich wie ein Schneekönig. Das hätte ich nun wirklich nicht gedacht.

Auf das zweite Gespräch bereite ich mich besser vor. Ich weiß zumindest, was ich als Einstiegsgehalt beim Medienkonzern bekommen hätte und vor allem weiß ich, was ich will. Nach ein wenig Smalltalk mit meinem zukünftigen Vorgesetzten, kommt der Geschäftsführer herein und bietet mir exakt das an, was ich recherchiert hatte. Ich nehme all meinen Mut zusammen und mache ihm meine Vorstellung vom Gehalt wie folgt klar: „Mir ist bewusst, dass ich hier mehr als 40 Stunden die Woche arbeiten werde. Dafür möchte ich aber auch entsprechend bezahlt werden. Ich denke da an 300 Mark mehr im Monat."

Was dann passiert, ist wirklich unglaublich für mich als 24-Jährige, die kurz vor ihrem ersten richtigen Job nach

---

[62] Automatischer Anrufbeantworter. Ein Gerät, was man sich zusätzlich zum Festnetztelefon kaufen und selbst besprechen musste, vergleichbar mit der heutigen Mailbox im Handy.

der zweiten Ausbildung steht. Innerlich zittere ich und bin super aufgeregt, so dass die kurze Pause, in der niemand etwas sagt, für mich zur Ewigkeit wird. Dann kommt der Geschäftsführer, ohne eine Miene zu verziehen auf mich zu, gibt mir die Hand und sagt: „Herzlich willkommen! Wir sagen hier übrigens alle Du." Das war's. Den Vertrag geben sie mir gleich mit und zwei Wochen später fange ich an.

Mit mir startet auch Conny. Wir teilen uns ein Büro und durchlaufen zusammen mit ungefähr acht weiteren Neulingen, das zweiwöchige Onboarding-Programm der Agentur. Das ist wirklich toll, man lernt zuerst die anderen Neuen kennen, dann alle Agentur-Units und deren Mitarbeiter. Netzwerken ist hier so normal, wie das Obst und die Getränke in der Küche, die kostenlose Mitgliedschaft im Fitness-Studio um die Ecke, die Gutscheine für Kosmetik und Massage sowie die alljährlichen Sommerfeste und die legendären Weihnachtsparties. Conny und ich haben das Glück gleich an unserem ersten Arbeitstag, die Chefs reden zu hören. Im Konferenzraum eines Hotels gibt es kaum noch Plätze, als wir kommen. Die Mitarbeiter stehen an den Wänden oder sitzen vor der Bühne auf dem Teppichboden. Alle sind gespannt, es ist wohl auch für die anderen ein richtiges Highlight. Nach dem „Auftritt" sind auch wir begeistert von den Gründern der Agentur und unserem neuen Arbeitgeber. Conny sagt: „Ich habe das Gefühl, ich bin hier in einer Sekte gelandet. Aber irgendwie fühlt es sich geil an, dazu zu gehören." Ich stimme ihr zu und bin noch ganz benommen von den Worten und der Stimmung im Raum.

Auch das Arbeiten in dieser Agentur ist ungewöhnlich und spannend. Es gibt ein bebildertes Telefonbuch aller Mitarbeiter, einen wöchentlichen JourFix um Punkt 9:00 Uhr (wer zu spät kommt, muss draußen bleiben!), Unternehmenswerte, die mit wenigen Worten auskommen und dadurch von jedem verstanden und gelebt werden können. Es gibt eine Anleitung, wie man Pappen klebt und Büchlein ringelt[63] und zum Geburtstag, Ostern, Nikolaus und Weihnachten immer eine kleine Aufmerksamkeit für uns Mitarbeiter. Manchmal müssen wir bis tief in die Nacht arbeiten, weil ein Pitch ansteht. Aber das ist kein Problem für uns und wir machen es gern, weil alle mitmachen. Wir versammeln uns dann im Konfi, schalten MTV ein, drehen auf volle Lautstärke, bestellen Pizza für alle und legen los mit Pappenkleben und Büchleinringeln nach Anleitung. Wenn wir fertig sind, feiern wir uns und das, was wir geschafft haben und bestellen jeder ein Taxi, was selbstverständlich die Agentur zahlt, damit wir nachts nicht mit Bus & Bahn nach Hause fahren müssen.

1995 ist das beste Jahr für die Media-Unit. Kurz vor Weihnachten werden alle 30 Mitarbeiter, Praktikanten und Auszubildende in den Konfi[64] gerufen, wo uns von den beiden Geschäftsführern ein Büchlein mit dem Titel „Mille Grazie" vorgelesen wird. Niemand darf vor blättern, das ist eine sehr strenge Regel bei uns. Auf den

---

[63] Bevor es PowerPoint gab, präsentierten wir unsere Ideen auf schwarzen DIN A2 Pappen, die mit weißen DIN A3 Ausdrucken beklebt waren. Dazu gab es dann immer noch ein Handout in DIN A4, was wir stanzten und als „Büchlein" ringelten.

[64] Konfi ist die Abkürzung für Konferenzraum

ersten Seiten wird aufgelistet, was die Agentur das Jahr über schon für uns getan hat. Ein Besuch beim Magier *David Copperfield*, das Lieblingsparfum für alle zum Nikolaus und noch ein paar andere, witzige Dinge. Dann die Frage: „War das genug?" und auf der nächsten Seite auch gleich die Antwort: „Nein."

Dann blättern 30 Mitarbeiter gleichzeitig um und es herrscht für Sekunden absolute Stille. Einige halten sich die Hand vor den Mund, anderen bleibt er vor Erstaunen offen stehen, wieder andere, und dazu gehöre auch ich, haben Tränen in den Augen. Da klebt ein 1.000 Mark-Schein. Und darunter die Worte: „Mille Grazie". Ein Dankeschön on top zum Weihnachtsgeld. Diese unerwartete Beteiligung am Unternehmenserfolg schweißt uns noch mehr zusammen und gibt uns das Gefühl von Wertschätzung für unseren überdurchschnittlichen Einsatz.

…

Da wir viel Zeit in der Agentur verbringen, werden aus manchen Kollegen Freunde, die mich bis heute begleiten. Conny kenne ich nun schon seit einem viertel Jahrhundert. Sie lebt in München und ist Mutter von zwei Kindern. Ihr Sohn ist mein erstes Patenkind und es liegt bestimmt auch an ihm, dass unser Kontakt nie ganz abreißt und wir immer noch häufig telefonieren oder uns gegenseitig besuchen.

Michaela kommt ein Jahr später als Conny und ich in die Agentur. Sie lebt heute in Kalifornien und zeigt mir schon bevor ich 2015 mein dreimonatiges Sabbatical im

Silicon Valley verbringe, all ihre Lieblingsplätze rund um ihren Wohnort Mountain View[65]. Wie in Hamburg und später in München, wo wir beide zur gleichen Zeit lebten, kochen wir auch hier zusammen und köpfen die ein oder andere Flasche kalifornischen Rotwein. Wenn wir dann satt und seelig auf dem Boden ihrer Wohnung liegen und *George Michael's* „Older" hören, träumen wir uns zurück in die schöne, wilde Zeit in Hamburg, als wir nicht nur die Wochentage in der Agentur, sondern meist auch die Wochenenden zusammen verbrachten, während mein Freund Andrej nach Schwerin fuhr.

…

In meiner neuen alten Heimat nehme ich das Fahrrad zur Arbeit. Der Weg entschädigt mich dafür, dass ich nun wieder jeden Tag früh aufstehen muss. Ich fahre am Marstall[66], Stadthafen und der Dampferanlegestelle vorbei zum Schloss. Weiter durch den Schlossgarten um den Schweriner See Richtung Zippendorf. Ich komme auf dem Franzosenweg am *Ruderhaus* und dem *Schlossbucht Café* auf der linken; am Tennisplatz, dem riesigen BUGA Spielplatz und dem *Schweriner Zoo* auf der rechten Seite vorbei. Bis zur *Badeanstalt Kalkwerder* hat man links jetzt einen freien Blick auf den wunderschönen See und rechts auf eine ganze Reihe sanierter Prachtvillen. Am breiten Sandstrand von Zippendorf fühle ich mich fast wie am Meer. Schade nur, dass der Besitzer das an der Promenade liegende *Strand Hotel* so verkommen lassen hat.

---

[65] Da, wo Google sein Headquarter hat.

[66] ehemaliger königlicher Reitstall

Immerhin gibt es die *Strand Perle* und den *Strand Pavillon* noch, in denen wir als 15-Jährige unsere ersten Disko-Erfahrungen machten. Jetzt nur noch durch ein kleines Stückchen Wald, dann bin ich auch schon da.

Insgesamt dauert die Strecke 40 Minuten. Zeit, um mich daran zu erfreuen, dass der Tag so toll anfängt und ich die Schönheit der Natur, das Vogelgezwitscher, das Rauschen der Wellen und der Blätter an den Bäumen so genießen kann. In solchen Momenten bin ich glücklich und erfüllt von Liebe für meine alte Stadt, meine schöne Stadt, in der ich einmal Kind gewesen bin.

Auf dem Rückweg merke ich, dass der Sommer so langsam aber sicher zu Ende geht. Bald werde ich nicht mehr mit dem Fahrrad fahren können. Ich brauche ein neues Auto und zwar möglichst bald.

Sagte mal ein Dichter (Holger Biege)

Auf dem Weg von Schwerin nach Crivitz, wo ich geboren wurde, versuche ich mir vorzustellen, was uns an diesem Herbsttag wohl erwartet auf der Obstplantage, die wir mit Bäumen bepflanzen werden und zwar - mit großer Wahrscheinlichkeit - in strömendem Regen.

Lotti, ihre Schwester Jasmin mit ihren beiden afrodeutschen Kindern Ron (8) und Pia (3) warten bereits auf dem Parkplatz. Sie sind extra aus Berlin angereist, um mit mir und meinen Kolleginnen und Kollegen dafür zu sorgen, dass wir bis 2025 klimaneutral sind.[67]

Ich amüsiere mich mal wieder über die beiden Kinder, die ich kenne, seit sie auf der Welt sind. Pia wurde von ihrer Mutter dem Wetter entsprechend, in einen, noch etwas zu großen, Ganzkörper-Regenanzug gesteckt, der wiederum in Gummistiefel, die gerade schnurstracks auf die größte Pfütze weit und breit zusteuern. In der Hand hält sie ihre Kinder-Gießkanne, mit der sie später die eingebuddelten Bäume angießen wird. Ron trägt jetzt eine runde Hornbrille mit der er viel älter wirkt, als er ist. Seine Locken stehen zu allen Seiten ab und laden mich wie immer dazu ein, sie zu verwurschteln.[68] Ich liebe die

---

[67] D.h. so wenig wie möglich CO_2 ausstoßen, um den ökologischen Fußabdruck zu verringern. Das, was dann noch an CO_2 ausgestoßen wird (ganz ohne geht es leider nicht), kompensieren wir durch Pflanzen von Bäumen, so dass es rechnerisch bis 2025 gelingt, kein CO_2 mehr auszustoßen. Zu dieser Zeit waren die Umwelt-Aktivistin Greta Thunberg und die „Friday's for Future" Demonstrationen gerade in vollem Gang

[68] Das darf natürlich nicht jeder, auch wenn viele sicher den gleichen Impuls haben.

Zwei und freue mich wahnsinnig, dass sie trotz Regen und Pia's Reisekrankheit da sind. Sie dürfen sich dann auch aussuchen, welche Art Bäume sie pflanzen wollen. Pia entscheidet sich für einen Melonen- und Ron für einen Himbeerbaum. Beide sind total enttäuscht, dass nur Apfel-, Birnen-, Pflaumen- und Kirschbäume zur Auswahl stehen.

Sie sind einfach zu süß, haben ihren eigenen kreativen Kopf und ihren eigenen kleinen Willen, den sie fast immer, vor allem bei ihrer Tante Lotti, durchsetzen dürfen. Lotti wohnt ganz in ihrer Nähe und holt sie, so oft es geht zu sich. Dann tollen und toben sie meist zusammen auf dem Spielplatz, backen Sandkuchen oder spielen Fußball. Zum Schluss gibt's immer noch ein Eis oder ne Zimtschnecke. Ich liebe und bewundere meine Freundin dafür, dass sie sich ihr Kind im Herzen bewahrt hat. Sie setzt sich auf jede Schaukel, zieht ihre Schuhe aus, wenn sie Sand oder eine grüne Wiese sieht und umarmt Bäume, wenn ihr danach ist.

Jetzt buddelt sie gerade eifrig Löcher, um mit den Kindern, ihrer Schwester und mir im Regen neue Bäume zu pflanzen. Jeder hat dabei seine Aufgabe: Lotti buddelt das Loch, ich stelle den Baum rein, Ron bestreut ihn mit Dünger und Jasmin buddelt wieder zu. Dann kommt Pia mit ihrer Kinder-Gießkanne und sorgt für Baum-Nahrung, nachdem sie versucht hat den großen Schlauch ganz alleine! in die kleine Gießkanne zu bekommen und sich dabei total nass gemacht hat. Zum Glück hat sie den Ganzkörper-Regenanzug an.

Lotti ist ganz schummrig von der guten frischen Luft hier in Mecklenburg-Vorpommern. Das kann ich gut verstehen, denn die in Berlin vorherrschende schlechte Luft-Qualität wird ja sogar schon in der Wetter-App angezeigt.

Nachdem wir fertig sind mit Bäumepflanzen-im-Regen (wir haben einen Apfel-, einen Birnen- und einen Kirschbaum gepflanzt), notiere ich noch die genaue Position, denn wir dürfen sie jederzeit besuchen und abernten kommen, erklärt uns der Förster, der von Ron und Pia ununterbrochen mit Fragen bombardiert wird.

Bei so vielen Bäumen auf einen Haufen - meine Kolleginnen und Kollegen haben zusammen mit ihren Kindern ja auch alle mindestens drei gepflanzt - fällt mir der Songtext von Holger Biege[69]'s berühmtesten Lied ein, das meine Mutter immer lauthals mitsang, wenn es im Radio gespielt wurde und das ich schon als Kind sehr mochte „Sagte mal ein Dichter"[70]:

---

[69] Holger Biege war der Hannes Wader der DDR, bis er 1983 von einem Auftritt im Westen nicht mehr zurück kam. Leider fand er dort kein Glück, blieb als Musiker und Komponist erfolglos und starb verarmt.

[70] Text: Fred Gertz, ©1994 by BIT-Musikverlag OHG, Berlin

Sagte mal

Sagte mal
ein großer Dichter,
dass ein Mann im Leben die drei
Dinge schaffen sollte, dass es lohn'

Er soll einen Baum einpflanzen
und ein Buch im Leben schreiben
und dann soll er zeugen einen Sohn

Ja, so einfach sprach er aus das Wort
und nun lebt es in den Menschen fort
Aber wie nur, wie nur, wie nur
macht man es wahr?

Denn ich kannte viele Bäume,
die vor ihrer Zeit schon starben
irgendetwas standen sie im Weg
Darum scheint es mir viel klüger
einen Baum mir auszusuchen,
den ich in der großen Stadt dann pfleg'

Ja so einfach
sprach er aus
das Wort und
nun lebt es in
den Menschen
fort aber
so nur,
so nur,
so nur
hat es noch Sinn!

184

ein Dichter

Wieviel Bücher
hat die Menschheit
und wie kurz ist so ein Leben,
nur ein' Bruchteil davon liest man dann

Warum denn ein Buch noch schreiben
viele ungelesen bleiben
nicht zu reden davon, ob man's kann

Ja so einfach sprach er aus das Wort
und nun lebt es in den Menschen fort
Aber wo nur, wo nur, wo nur
ist noch der Sinn?

Wieviel Kinder hat die Erde
wieviel Eltern haben Sorgen
nicht alltäglich ist das täglich Brot
Kinder bleiben ungeboren
Frauen haben sich geschworen
selber zu entscheiden ohne Not

Ja so einfach
sprach er aus
das Wort und
nun lebt es in
den Menschen
fort, aber
wo nur,
wo nur,
wo nur
ist noch der Sinn?

Nun habe ich also auch einen Baum gepflanzt. Nach getaner Arbeit gibt's noch Suppe, dann machen wir uns auf den Heimweg. Bevor wir uns verabschieden, begutachten alle noch einmal ausgiebig mein neues Auto. Es ist ein *Daihatsu Trevis*, eine Empfehlung von Anita, die als Studentin beim Autohändler arbeitete und weiß, dass dieses Modell unkaputtbar ist und zudem noch super aussieht. Wie ein kleiner Mini, nur mit verschnörkeltem Kühlergrill und insgesamt sehr niedrig. Er ist dunkelrot, hat 5 Türen und 4 Sitze, ist super gepflegt, aus erster Hand und hat, obwohl er schon 11 Jahre alt ist, erst 50.000 km runter. Ich bin richtig angetan von diesem niedlichen Ding und meine vier Berliner auch.

„Wie sind wir eigentlich auf die verrückte Idee gekommen, bis ans Ende Ost-Deutschlands zu fahren, nur um uns ein Auto anzuschauen?", frage ich mich auf dem Rückweg durch den, mittlerweile strömenden Regen, nach Hause. Sicher war es ja nicht, dass ich es auch tatsächlich kaufen würde, aber die Wahrscheinlichkeit war schon sehr hoch, denn die Fotos auf *mobile.de* hinterließen einen nachhaltigen Eindruck und ich malte mir schon aus, wie ich in diesem schnucklingen Auto durch Schwerin und zur Arbeit fahren würde. Mit dem Jule-typischen Enthusiasmus und wahrscheinlich sehr verliebten Augen zeige ich meiner Mutter ganz aufgeregt mein Auto-Suchergebnis. Irgendwie muss ich sie sofort angesteckt haben mit meiner Begeisterung, denn auch sie ist sofort Feuer und Flamme und sagt spontan: „Na dann holen wir es zusammen ab." Dabei bleibt sie auch, als ich ihr eröffne, dass dieses Auto in Bautzen steht. Ein paar

Minuten später habe ich schon das erste Hotel und zwei Plätze im *FlixBus* gebucht. Aus unserer spontanen Idee wird ein 5-Städte-in-3-Tagen-Mutter-Tochter-Wochenende, das schon am nächsten Tag beginnen sollte.

Ankunft in **Bautzen** nach mehr als acht Stunden Busfahrt über Berlin, bei der man ab Berlin kaum mehr die Straße sieht, weil es in Strippen regnet[71]. Wir hatten das Hotel auf Empfehlung des Autohändlers gebucht und sind entsetzt, als wir dort ankommen. So viel Kitsch auf einen Haufen hatten wir lang nicht mehr gesehen. Die Zimmer sind zwar sauber aber eingerichtet, wie vor der Wende. Am Abend ist „Dancing" in der Tanzbar: Rotlicht und Schlager bis zum Abwinken für Alt und Jung. Wir gönnen uns jeder einen Piccolo *Rotkäppchen* und sehen dem Treiben amüsiert zu, bis wir so richtig schön bettschwer sind. Am nächsten Morgen geht es nach einem üppigen Frühstück mit allem drum und dran zum Autohändler und somit zum Objekt der Begierde. Alles ist, wie es in der Anzeige stand und in echt sieht der Wagen sogar noch besser aus, als auf den Fotos. Der Händler hatte bereits die Kurzzeitkennzeichen besorgt und nachdem ich den Kaufvertrag unterschrieben und das Geld[72] in bar gezahlt habe, gibt er uns noch ein nagelneues Set, bestehend aus Verbandszeug, Warndreieck und -weste mit auf den Weg und zählt ein paar Dinge auf, die wir uns in Bautzen unbedingt anschauen sollen.

---

[71] „Die Deutschen haben sechs Monate Winter und sechs Monate keinen Sommer. Und das nennen sie Vaterland." sagte einst Napoleon I. Bonaparte

[72] Ohne einen einzigen Cent Anzahlung!

Wir kannten Bautzen durch den *Bautz'ner Senf* und das berühmt-berüchtigte Gefängnis, in dem meist politische Häftlinge und DDR-Fluchtwillige ihre Strafe absaßen. Dass diese über 1.000 Jahre alte Stadt in der Oberlausitz sehr viel mehr Geschichte hat und als Hauptstadt der Sorben gilt, erfahren wir auch vom redseligen Autohändler. Der schiefe Turm von Bautzen ist nur eine der vielen Sehenswürdigkeiten, die wir an diesem sonnigen Morgen besichtigen. Das Schlendern durch die kleinen Gassen ist herrlich und natürlich kommen wir auch an mehreren Senfläden vorbei, die uns einladen, die neueste *Bautz'ner Senf* Kreation für zu Hause mitzunehmen.

Von Bautzen geht es weiter nach **Dresden**. Hier war ich seit der Wende nicht mehr. Wir besichtigen die berühmte *Frauenkirche*, bewundern die Malereien im Inneren und genießen den Ausblick vom Glockenturm über die ganze Stadt. Die *Brühlschen Terrassen* gefallen mir auch außerordentlich gut und natürlich gibt es Gänsekeule mit Rotkohl und Klößen im *Ratskeller* am Neumarkt sowie einen echten *Dresdner Stollen* als Souvenir für zu Hause. In der Stadt, aus dem das wohl schönste Porzellan kommt, wollen wir nun gemütlich Kaffee trinken, durch die Stadt schlendern und uns eine Bleibe suchen. Aber es kommt mal wieder anders als gedacht. In **Meißen** ist Weinfest und die ganze Stadt außer Rand und Band. Klar, dass alle verfügbaren Unterkünfte ausgebucht sind. Wir schauen uns das Treiben ein wenig an, probieren hier und da den Wein, ziehen dann aber recht bald weiter gen Norden.

Der Weg nach **Leipzig** führt durch „Dunkeldeutschland" im wahrsten Sinne des Wortes. Weil die Autobahn gesperrt ist, müssen wir auf stockdunklen Landstraßen über die Dörfer. Das ist die Hölle für jemanden wie mich, die nachtblind ist. Wir drosseln das Tempo auf 30 km/h und tuckern so bis nach Leipzig, was natürlich ewig dauert. Das Hotel, was wir von unterwegs per Handy gebucht hatten, ist toll. Wir sind fix und fertig von dem Tag und freuen uns auf das gemütliche, modern eingerichtete Zimmer und auf unser Bett. Das „Grau in Grau" und der Nieselregen am nächsten Morgen laden nicht gerade zum Stadtbummel ein. Da das Apartment eine Mini-Küche und eine *Nespresso* Maschine hat und wir noch die Reste vom Reiseproviant, gibt es heute Frühstück im Bett und dazu passend Frühstücksfernsehen! Nach dem Auschecken gehen wir dann aber doch noch durch die Stadt, um wenigstens ein bisschen Leipzig-Feeling mitzunehmen, bevor es Richtung Heimat weiter geht.

In **Dessau** müssen wir unbedingt noch einmal anhalten, um einen Abstecher ins *Bauhaus Museum* zu machen, worauf ich mich schon die ganze Zeit gefreut hatte. Die lange Wartezeit bis zum Einlass vertreiben wir uns mit einem Spaziergang durch die Innenstadt und einem tollen Mittagessen sowie selbstgebrautem Bier im Brauhaus um die Ecke. Die Idee hatten leider nicht nur wir, weshalb wir ganz schön lange auf unser Essen warten mussten. Das Museum ist ganz interessant. Für mich. Meine Mutter hingegen wird nicht müde, bei jedem Ausstellungsstück: „Das ist echt nicht mein Stil, das gefällt mir gar nicht!" zu wiederholen. Ein Mitbringsel für ihren ahnungslosen Mann und Künstler Michael, der von unserer ganzen Aktion erst viel später erfahren sollte, muss dann aber doch sein.

Und was soll ich sagen, den Endspurt bis nach Hause legen wir mal wieder im Regen zurück. Er wird, je näher wir Schwerin kommen, immer heftiger, so dass wir heil froh sind, als wir am Sonntag Abend unversehrt wieder in meiner Mutters Wohnstube sitzen. Vor dem warmen Ofen lassen wir noch einmal alles Revue passieren und freuen uns über das spontane, gelungene Wochenende zu Zweit. „Die Wasserprobe hat dein Auto schon mal bestanden", sagt meine Mutter und ich weiß genau, was sie damit meint.

Bataillon d' amour (Silly)

Als ich nach zwei Wochen, in denen ich mich auf meinen Nebenjob als Business Trainerin vorbereitete und anschließend noch ein paar Tage in Berlin verbrachte, wieder ins Büro komme, klebt da ein Post-it auf meinem Schreibtisch: „Hallo, hier ist Paul. Wir kennen uns vom Tanzen. Ruf doch mal an."

Etwas überrascht lasse ich mir von meinem Kollegen erklären, wie dieser Zettel da hin kommt: „Letzte Woche stand hier plötzlich jemand ganz selbstbewusst in der Tür und fragte nach Dir." Ich muss schmunzeln bei dem Gedanken an den feschen Typen, den ich ein paar Wochen zuvor kennengelernt und tatsächlich ganz sympathisch gefunden hatte. Noch bevor wir allerdings Telefonnummern tauschen konnten, war er verschwunden und ich hatte ihn in der Zwischenzeit vergessen. Nun aber war er wieder ganz präsent.

Ich will seiner Bitte nachkommen, versuche es aber erst einmal mit einer WhatsApp. Die Nummer, die auf dem Post-it steht, gehört allerdings zu einer älteren Dame, die mir prompt und unverzüglich antwortet. Scheinbar hatte er in der Aufregung eine falsche Nummer aufgeschrieben. Zuhause lässt mir die Sache keine Ruhe und ich frage Suse, ob sie mir nicht dabei helfen könne, seine richtige Nummer herauszufinden. Da sie dabei war, als Paul und ich uns kennenlernten, ist sie sofort Feuer und Flamme und legt sich mächtig ins Zeug.

Zwei Stunden später diktiert sie mir voller Stolz seine Nummer und ich will natürlich genau wissen, wie sie da ran gekommen ist: „Ich hab einfach meine Friseurin gefragt. Ihr Ex-Mann ist doch mit Paul's Bruder befreundet, der Rest hat sich dann von selbst entwickelt. Hier die Kurzversion: Friseurin – Ex-Mann – Paul's Bruder – Paul - Paul's Bruder – Ex-Mann – Friseurin. Ein Mal die Telefon-Kette rauf und wieder runter für Dich", Suse amüsiert sich. „Und das alles innerhalb von zwei Stunden", sage ich anerkennend und muss wieder einmal darüber schmunzeln, wie klein Schwerin ist und dass doch irgendwie jeder jeden kennt. Suse wünscht mir noch viel Glück bevor wir auflegen.

Wieder probiere ich es mit einer WhatsApp, kann ihn darüber aber nicht finden[73]. Also schreibe ich eine SMS, bekomme aber keine Antwort. „Hmm", denke ich, „erst macht er so ein Gewese und dann kommt nix mehr." Zum ersten Mal frage ich mich, ob es in Schwerin wohl auch diese fiesen Dating-Phänomene wie ghosting, benching, breadcrumbing & Co gibt. In Berlin habe ich das ein oder andere davon leider auch schon erlebt. Ich beschließe, die Paul-Geschichte, die ja noch gar keine ist, erstmal ruhen zu lassen und abzuwarten. Wenn ich seine Nummer raus gekriegt habe, dann kriegt er auch meine raus.

Tage später soll ich dringend Herrn Lange von einem unserer Kunden zurückrufen. Über alle Kommunikations-

---

[73] Kein Wunder, denn dieses Mal war ich es, die einen Zahlendreher in der Nummer notiert hatte.

kanäle, die wir so haben, erreicht mich diese Nachricht. Meine Kollegin aus dem Office platzt sogar aufgeregt in mein gerade stattfindendes Meeting, um es mir persönlich auszurichten. Ich wundere mich ein wenig, denn ich hatte noch nie Kontakt mit besagtem Kunden und kannte auch Herrn Lange nicht. „Aber wenn es so wichtig ist", denke ich „dann rufe ich wohl besser schnell mal an." Es meldet sich eine angenehm männliche Stimme am anderen Ende und ich frage: „Spreche ich mit Herrn Lange?"

Es entsteht eine kurze Pause bevor er antwortet: „Nicht direkt, hier ist Paul." Ich höre, wie er ins Telefon schmunzelt und sich freut, mich endlich erreicht zu haben. Auf seine Frage, warum ich mich nicht gemeldet habe, lese ich ihm sein Post-it mit der falschen Nummer vor. Er kann sich das gar nicht erklären und ärgert sich über sich selbst. Dass ich zwischenzeitlich nach seiner Nummer geforscht habe, behalte ich erst einmal für mich, denn ich ahne, dass bei der Aktion wohl was schief gegangen ist. Paul fackelt nicht lang und will gleich Nägel mit Köpfen machen. Er möchte mich zum Essen einladen. Ich fühle mich ein bisschen überrumpelt, ahne ich doch nicht, dass Paul diesem Moment schon seit Wochen entgegen fiebert. Ich überlege laut, ob das Date noch in meinen Terminkalender passt und sage schließlich für den übernächsten Abend zu. Insgeheim bin ich natürlich neugierig auf diesen hartnäckigen Mann und will ihn nun auch kennenlernen.

Wir treffen uns zwei Tage später und er macht an diesem Abend alles richtig. Fast so, als wäre er von Hitch, dem

Date-Doktor[74] beraten worden. Für unser Kennlern-Dinner reserviert er zwei Plätze in einem schönen Restaurant und überlässt nichts dem Zufall. Der Tisch steht in einer lauschigen Ecke, das Licht ist angenehm gedimmt, die Musik nicht zu aufdringlich und der Wein, den uns der Kellner empfiehlt passt hervorragend zum Essen. Während wir auf die Bestellung warten, fängt er an, mir die ganze Geschichte von der Suche nach mir zu erzählen. Dabei ist er so aufgeregt wie ein Teenager, überschlägt sich fast beim Sprechen und kann es scheinbar kaum erwarten, alles los zu werden.

Angefangen hatte es damit, dass ich ihm seit unserer ersten Begegnung nicht mehr aus dem Kopf ging. „Du warst der Schwan unter den Gänsen an dem Abend", sagt er und betrachtet meinen Schwanenhals. Ich bin verlegen, muss aber schmunzeln ob seiner guten Beobachtungsgabe, denn wer mich kennt weiß, dass ich tatsächlich einen recht langen Hals habe, auch wenn sein Spruch natürlich eher sinnbildlich gemeint war.

…

Schwerin, Oktober 2019

Ich bin heute Abend mit Suse auf einer Tanzparty mit Musik aus den 70ern, 80ern und 90ern. Dementsprechend ist das Publikum: Leute in unserem Alter, die man alle irgendwie vom Sehen von früher kennt. Wir hatten gehört, dass es genau deshalb auch immer rappelvoll

---

[74] **Hitch – Der Date Doktor** ist eine Filmkomödie mit Will Smith aus dem Jahr 2005. Hitch gibt Männern Hilfestellung, um ein erstes Date mit ihrer Angebeteten zu bekommen.

und die Stimmung großartig sein sollte. Als wir ankommen, geht es schon richtig ab. Suse und ich begrüßen ein paar Leute und gehen gleich tanzen. Danach steuert sie, mit mir im Schlepptau, auf einen Tisch zu. Dort steht jemand, den sie kennt. D.h. eigentlich kennt sie seinen Bruder, der ihm optisch sehr ähnelt. Während die beiden sich unterhalten und ich mich so umsehe, fixiert Suses Gesprächspartner mich heimlich und auch ich werfe unmerklich einen Blick auf ihn. Irgendwann stellt er sich als Paul vor und Suse schaut ganz verdattert, denn in dem Augenblick wird ihr klar, dass sie sich die ganze Zeit mit dem falschen Bruder unterhalten hat. Wir lachen herzlich über diese Verwechslung, die wohl nicht zum ersten Mal vorkam und Paul nutzt die lockere Atmosphäre, um mich in ein Gespräch zu verwickeln. Er ist recht offen, was seinen Beziehungsstatus (Single, geschieden, 2 Kinder) und seine momentane Lebenssituation betrifft. Ich dagegen halte mich bedeckt, scherze mit den anderen und hole uns was zu Trinken. Dann machen wir zusammen mit seinen Freunden Spaßfotos an der Foto-Box, setzen uns lustige Perücken und Brillen auf und lachen uns halb tot über das Ergebnis, was später auf *Facebook* veröffentlicht werden soll. Ich habe große Lust zu tanzen und bin froh, als mich Paul auffordert und wir einen schönen *Disco Fox*[75] aufs Parkett legen. Ich stelle fest, dass er mich gut führen kann und willige deshalb auch mit Vergnügen ein, als er mich auch noch um den nächsten Tanz bittet. Wir schwofen im Eins-Zwei-Tipp-Takt so richtig schön über die Tanzfläche und ich fühle mich wie

---

[75] Wir nannten es früher einfach 1-2-Tipp, so wie der Discofox getanzt wird.

damals mit 16, als wir jede Woche zur Disko ins *Achteck* gingen, um dort zu Tippen, was das Zeug hält - entweder mit einem rhythmisch begabten und mutigen Jungen oder der nächstbesten Freundin oder Bekannten. Hauptsache Tanzen! Das war nämlich unsere Belohnung, nachdem wir stundenlang Schlange standen, um endlich rein gelassen zu werden.

Für Paul muss es sich auch gut angefühlt haben, vielleicht hatte er sogar ähnliche Gedanken, denn er sagt so etwas Charmantes wie: „Ich würde mich freuen, wenn wir in Verbindung bleiben." Und ich denke: „Mensch, der gibt ja Gas. Das gefällt mir." Doch zum Nummerntausch kommt es nicht, denn er ist nach dem Tanz irgendwie verschwunden, Suse will nach Hause und ich bin an diesem Abend die Fahrerin.

…

Nun erzählt Paul mir seine Version der Geschichte, wie er mich gesehen und wahrgenommen hat, von seiner Checkliste, die er gedanklich nach und nach abhakte und wie er dann jemanden traf und mit ihm im Raucherzelt versackte. Als er zurück kam, waren Suse und ich schon weg.

Als er dann unsere Spaßfotos auf *Facebook* sieht, die vom Veranstalter gepostet wurden, wird ihm klar, dass er mich unbedingt wiedersehen muss. Was er dafür alles anstellt, ist wirklich beeindruckend und ich komme aus dem Staunen nicht mehr heraus:

Er fängt an, die halbe Stadt verrückt zu machen, fragt den Türsteher und den DJ des besagten Abends, ob sie sich an mich erinnern können und vielleicht wissen, wer ich bin – ohne Erfolg. Er findet heraus, wo ich arbeite und durchforstet die Unternehmens-Website nach einem Foto von mir, um meinen Namen herauszufinden, aber ich hatte ja erst kürzlich da angefangen. Statt aufzugeben, wird der Wunsch, mich zu finden immer größer. Es vergehen Nächte, in denen er nicht schlafen kann und sich den Kopf zerbricht. Dann fährt er zu meiner Firma, klingelt und wird herein gelassen. Einer Mitarbeiterin zeigt er mein Foto auf *Facebook* und fragt: „Kennst du diese Frau?" Sie nickt, verrät ihm schmunzelnd meinen Vornamen, zeigt auf das Büro, in dem ich normalerweise sitze und denkt sich insgeheim: „Das wird die Love Story des Jahres!"

Er nimmt all seinen Mut zusammen, atmet ein, betritt das Büro und atmet erleichtert wieder aus, weil niemand drin ist. Er sieht sich um, findet ein Post-it auf meinem Schreibtisch und hinterlässt mir eine Nachricht sowie seine Telefonnummer.

Es folgen wieder schlaflose Nächte, in denen ich ihm durch den Kopf spuke. Als ich mich auch Tage später nicht melde, geht er noch einmal zu *Orange Blue*, um zielsicher und selbstbewusst, so als würde er zur Belegschaft gehören, in mein Büro zu stiefeln. Er öffnet die Tür und schaut in das verdutzte Gesicht meines Kollegen. Als er sein Post-it immer noch an der selben Stelle auf meinem Schreibtisch kleben sieht, ist er erleichtert und fragt nach mir. „Jule ist erst nächste Woche wieder da", erfährt er und kehrt befriedigt nach Hause zurück. Den kommenden Montag kann er kaum erwarten.

…

„Auch wenn es nur dazu diente, zu erfahren, dass du vergeben bist", sagt er jetzt und schenkt mir Wein nach „ich wollte einfach Gewissheit haben und hätte es mir nie verziehen, wenn ich nicht alles versucht hätte." Er erzählt mir auch, was seine Eltern, seine Freunde und seine Kollegen dazu sagten, wer ihm Mut machte und wer ihm von der ganzen „sinnlosen" Aktion abriet. „Na, hat sie sich schon gemeldet?", fragen seine Kollegen Tag für Tag und klopfen ihm Mut machend auf die Schultern, wenn er wieder den Kopf schüttelt. Umso größer ist die Freude, als er ihre Frage endlich mit „ja" beantworten kann.

…

Ich bin echt gerührt. Das hat noch nie ein Mann für mich getan und ich frage mich: „Bin ich deshalb in Schwerin? Um Mr. Right zu finden? Ist es das, was ich fühlte, als ich mich auf den Weg zurück in meine Heimat machte?" Ich wusste instinktiv, dass da noch etwas auf mich wartet.

Wie oft habe ich darüber gegrübelt, wie er sein soll, wie es sich anfühlen muss, wenn es der Richtige ist und ob es den überhaupt gibt? Eines ist auf jeden Fall klar: ich will nicht mehr allein durchs Leben gehen. Jedes Wochenende sitze ich zu Hause, während Suse, meine Mutter und auch alle anderen, die ich sonst noch so in Schwerin kenne, mit ihren Partnern unterwegs sind und das

Wochenende als Paar genießen. Das ist in Schwerin fast noch schwerer zu ertragen als in Berlin, wo es viel Ablenkung und einige Single-Freundinnen mehr gibt. Ich versuche oft, meiner Mutter zu beschreiben, wie ich mich fühle ohne Partner und eigene Familie, aber es ist schwer für sie, die eigentlich immer in einer Partnerschaft war, mich zu verstehen. Bis ich auf diesen Song von *Alina* stieß, die mir aus der Seele zu singen schien. Ich höre ihn zusammen mit meiner Mutter und dann weinen wir beide:

Die Einzige – Alina (Songtext)

Vielleicht bin ich schon viel zu lang allein
so mit mir, nur mit mir, ganz ohne Kompromiss.
Und vielleicht habe ich verlernt,
was es heißt zu zweit zu sein, du und ich.
Doch ich find dich einfach nicht.

Wo bist du? Wo bist du? Frag ich mich immerzu.
Warum find ich kein wir?
Was ist nur falsch an mir?

Sag mir, bin ich die Einzige,
die für immer alleine bleibt
und so tut, als ging es ihr auch noch gut dabei?
Sag mir, bin ich die Einzige,
sag mir, wie kann das sein,
wenn der Rest dieser Welt
doch so unerträglich glücklich scheint?

Ich hab mich irgendwie mit mir selbst arrangiert,
all die Zeit, die verstreicht, mit Tätigkeiten ignoriert.

Hab Freunde in mein Leben perfekt integriert,
um nicht daran zu denken,
wäre ich doch nur verliebt.

Wo bist du, wo bist du? Ohne dich keine Ruh.
Warum bist du immer noch nicht hier?
Was ist nur falsch an mir?

Sag mir, bin ich die Einzige,
die für immer alleine bleibt
und so tut, als ging es ihr auch noch gut dabei?

Sag mir, bin ich die Einzige,
sag mir, wie kann das sein?
Wenn der Rest dieser Welt
doch so unerträglich glücklich scheint?

Mir wurde schon so oft versprochen,
die Liebe steht für dich bereit.
Mein Herz schon viel zu oft gebrochen,
wie soll ich's glauben nach all der Zeit?

Wie geht man auf den andern zu,
wenn alle schon vergeben sind?
Wie finde ich den neuen Mut,
damit ich nicht mehr einsam bin?

Sag mir, bin ich die Einzige,
die für immer alleine bleibt
und so tut, als ging es ihr auch noch gut dabei?
Sag mir, bin ich die Einzige,
sag mir, wie kann das sein?
Wenn der Rest dieser Welt
doch so unerträglich glücklich scheint?

„Was ist nur falsch an mir?", diese Frage habe ich mir oft gestellt und nicht selten meine Mutter gebeten, mir die Karten zu legen. Stundenlang haben wir dann am Telefon das Tarot-Karten-Blatt ausgewertet, was eigentlich immer die selbe Antwort für mich parat hatte, genau wie im Lied: „Die Liebe steht für dich bereit." Nur leider können die Karten nie so genau sagen, wann das sein wird oder wo man danach suchen soll. Immerhin konnte meine Mutter mit ihren Deutungen mein Herz und meine Seele fürs Erste beruhigen, aber es vergingen Jahre mit Hoffen und Warten auf den „Richtigen".

Tinder und andere Dating-Plattformen, die ich auch alle ausprobierte, gaben mir zumindest das Gefühl, diese Hoffen-und-Warten-Schleife zu durchbrechen und mein Partnerschafts-Schicksal wieder selbst in die Hand zu nehmen. Immerhin gibt es ja auch die ein oder andere Love Story, die daraus hervorgegangen ist. Bei mir jedoch war es eher frustrierend und zeitraubend. Wahrscheinlich hätte ich bei einem Foto von Paul auch nach links gewischt. Durch die Begegnung mit ihm wird mir einmal mehr klar, dass ich mich nicht in ein Foto verlieben kann. Dazu gehört einfach viel mehr. All die kleinen nonverbalen Dinge, die durch unser intensives persönliches Kennenlernen zum Vorschein kommen, gehören dazu. Die Ausstrahlung, der Geruch und die Art, wie er mit mir umgeht, wie er mich anschaut. Und dann all die Überraschungen, die da noch im Verborgenen sind und nach und nach entdeckt werden wollen. Das ist das Schönste. Paul hat es in unserem Spanienurlaub ein paar Monate später mal auf den Punkt gebracht, als er wie aus dem Nichts sagte: „Du bist für mich wie eine Walnuss, die ich geknackt habe." Pause. „Das Augenscheinliche liegt vor mir und ich freue mich jeden Tag darüber. Aber dann entdecke ich nach und nach noch so kleine Krümel in den Ecken, an die ich nur schwer heran komme und für die ich Geduld und Fingerspitzengefühl brauche. Wenn ich die dann aber heraus gepult habe und sie vor mir liegen, ist das jedes Mal wie ein unerwartetes Geschenk."

Er überrascht mich immer wieder, nicht nur mit Worten. Manchmal schnappt er seinen Picknick-Rucksack und zeigt mir in und um Schwerin Orte und Gegenden, die ich von früher kenne. Dann breiten wir unsere Sachen irgendwo im Gras oder auf einer Bank aus und erzählen, woran wir uns noch erinnern aus der Zeit vor der Wende. Es ist wirklich etwas Besonderes, eine gemeinsame Vergangenheit zu haben. Paul und ich sind nicht nur fast gleich alt, sondern sogar in der gleichen Gegend von Schwerin aufgewachsen und – jetzt kommt's! – wir haben wahrscheinlich sogar schon zusammen im Sandkasten gespielt, ohne es zu wissen, weil unsere Eltern, bis wir zwei Jahre alt waren, in der selben Straße gewohnt haben. Bewusst wahrgenommen haben wir uns dann aber erst als Teenager. Man kannte sich vom Sehen aus der Disko und er mich von meinen Auftritten als Sängerin bei CBM. Er war schüchtern und ich wollte als 16-Jährige keinen 16-Jährigen als Freund und beachtete ihn nicht weiter.

…

So war das damals. Jetzt nach mehr als 30 Jahren ist das anders. Ich finde es wunderbar, mit ihm noch einmal unsere Jugend an den Tisch zu holen. Die Unterhaltung verläuft sehr lebhaft und locker. Ich fühle mich vom ersten Moment an wohl in der Nähe dieses positiven Menschen, der mich mit sehr verliebten Augen ansieht und mich am liebsten gleich am nächsten Tag wieder sehen würde.

„Gefühle entwickeln sich in den Pausen." Das war mein Learning aus dem Buch: „DER LIEBESCODE Beziehungen von morgen" des Psychologen *Christian Hemschemeier*. Dass eine gute Partnerschaft diese Pausen tatsächlich braucht, spüre ich ganz deutlich nach dem ersten Abend mit Paul.

Ich habe das dringende Bedürfnis, all die Eindrücke von ihm und der neuen Situation erst einmal zu verarbeiten. Wenn man so viele Jahre wie ich Single war und dann kommt einer, der dich wirklich will, ist das schon sehr ungewohnt. Ich kann es gar nicht so richtig glauben und habe tatsächlich zu allererst den Drang, wegzulaufen. Ich brauche Zeit, um meine Gedanken und Gefühle zu ordnen und mir darüber klar zu werden, ob es das ist, was ich wirklich will.

Paul respektiert das, auch wenn es ihn, gerade am Anfang, sehr quält. Er gibt mir die Zeit, die ich brauche, um alles langsam zu verarbeiten und festzustellen, dass es wunderschön ist, geliebt zu werden und sich alles langsam entwickeln darf.

Lebenszeit (Puhdys)

T rends kommen und gehen. Manche kommen sogar mehrmals im Leben wie die Mode der 70er, 80er und 90er Jahre. Meine Nichten laufen mit Skinny oder High Waist Jeans herum, die mich doch stark an die Röhren- und Karotten-Jeans aus meiner Jugendzeit erinnern. Selbst die Schlaghosen erleben als Flared Jeans 2020 ihr Comeback. Alle Modelle auch stonewashed erhältlich, was ja zur Wendezeit der absolute Renner war.

Das Schöne am Älterwerden ist, dass ich all diese Trends nicht mehr mitmachen muss und irgendwann einen eigenen Stil entwickelt habe. Mein Kleiderschrank ist im Laufe der Jahre immer kleiner geworden, so dass gar nicht mehr so viel rein passt. Das „Immer-wenn-ich-etwas-Neues-kaufe-fliegt-was-Altes-raus-Prinzip" habe ich von Tina übernommen. Und was ich zwei Jahre hintereinander nicht an hatte, fliegt mit. Hier in Schwerin gibt es auch gar nicht mehr so oft Gelegenheit, sich schick zu machen und zur Arbeit gehe ich in einer „egal-welcher-Trend-grad-angesagt-ist" Jeans und T-Shirt.

Das Schöne am Bücherschreiben ist, dass ich all die Geschichten, die mich berührt und deshalb auch mein ganzes Leben lang begleitet haben, nun schwarz auf weiß vor mir habe und dass ich den Prozess des Schreibens bewusst genießen konnte. Es war wie ein intensives, langes und ausführliches Gespräch mit mir selbst. Ich bin erstaunt, wie sich die Kapitel scheinbar von selbst entwickelt haben und ich teilweise stundenlang, ohne auch nur abzusetzen, schreiben konnte. Aber am meisten erstaunt mich, dass alles, was ich mir für mein neues Leben in Schwerin gewünscht habe, in Erfüllung zu gehen scheint. Das Inhaltsverzeichnis entstand schon im Juni 2018, gleich nachdem ich in meiner alten Heimat angekommen war. Seit dem sind mehr als zwei Jahre vergangen und ich habe es nicht verändert.

Ist dieses Buch eine Affirmation meines Lebens?

Nach all den geschriebenen Seiten wird mir einmal mehr klar, wie schön mein Leben ist. Mir ist sehr bewusst, dass ich privilegiert bin, weil ich in ein demokratisches, wenn auch in zwei Hälften geteiltes, Land geboren und aufgewachsen bin. Ich konnte sowohl die eine als auch die andere Seite ausgiebig kennenlernen. Ich habe viel erlebt und bin vielen unterschiedlichen Menschen auf meinem Weg durch die Welt begegnet. Ich bin dankbar für die Familie, in die ich geboren wurde, vor allem dafür, dass ich immer – auch schon als Kind - selbstbestimmt leben konnte. Ich bin dankbar, dass meine Flucht in den Westen gelungen ist und auch dafür, dass die Mauer zwei Monate später fiel und ich die Wahl hatte, wo ich leben wollte. Ich freue mich, dass mich meine Freunde schon so lange begleiten und mich mögen, obwohl sie nicht nur meine Licht- sondern auch meine Schattenseiten kennen. Und ganz besonders dankbar bin ich natürlich für die Liebe, die mir durch Paul noch einmal begegnet ist. Ich nehme dieses Geschenk des Lebens an.

Nun bin ich 50 Jahre auf dieser Welt. Im Dezember 2020 wollte ich meinen runden Geburtstag groß feiern und hatte dafür extra etwas Geld zurück gelegt. Doch dann kam Anfang des Jahres - mitten in unserem Spanienurlaub - Corona, Lockdown, Kurzarbeit und Maskenpflicht in Geschäften und dem Öffentlichen Nahverkehr. Viele Menschen sind von den drastischen Maßnahmen und Schließungen der Geschäfte, Hotels und gastronomischen Einrichtungen betroffen. Für Künstler und Kulturschaffende ist es eine Katastrophe, sie können weder auftreten und Konzerte geben, noch durch die Republik touren. Flugzeuge und Produktionsstätten stehen still, Klein- und Kleinstunternehmen müssen Insolvenz anmelden und sind auf Hilfen des Staates angewiesen.

Auch in dieser kuriosen und verrückten Zeit geht es mir verhältnismäßig gut. Selbst wenn ich, wie zig Tausend andere auch, meine Ersparnisse aufbrauchen muss und im Moment gar nichts planen kann, bin ich gesund, muss nicht hungern und habe ein Dach über dem Kopf. Das ganze Ausmaß dieser Pandemie können wir noch gar nicht absehen. Erst so nach und nach werden wir merken, dass es so wie bisher nicht weiter gehen kann und unser aller Status Quo verändert werden muss.

Das ist die VUCA-World, von der man überall hört: volatil, unsicher, komplex und mehrdeutig. Was *Darwin* schon vor über 100 Jahren formulierte, ist heute aktueller denn je: „Survival of the fittest." Nicht der Stärkere, sondern derjenige, der sich am besten anpassen kann, überlebt. Auch das gab's ja schon mal in der DDR. Kein Wunder also, dass mir die Themen Agilität, Flexibilität und

Netzwerken so liegen und für mich zur Lebensphilosophie geworden sind. Außerdem habe ich mir sagen lassen, das hält jung. In diesem Sinne:

„Seid bereit! Immer bereit."[76]

---

[76] Gruß der Jung- und Thälmann-Pioniere in der DDR

Danke

Ein großer Dank geht an alle, die mich darin bestärkt haben, mein Buchprojekt in die Tat umzusetzen und meine Erinnerungen an die DDR, wie ich sie als Kind und Jugendliche erlebte, aufzuschreiben und zu veröffentlichen.

Von Herzen danke ich meiner wunderbaren Familie, meinen Freunden (auch denen, die hier nicht erwähnt sind!) und Kollegen, die mich auf meinem Lebensweg begleiten. Schön, dass es Euch gibt!

Ich danke Reya, die sich die Zeit nahm, das Buch sogar zwei Mal zu lesen, zu korrigieren und zu kommentieren. Deine wertvollen Tipps und die Diskussionen, die wir führten, haben meine Geschichten erst so richtig rund gemacht.

Hilla, auch dir ein ganz besonderes Dankeschön für deinen Satz: „Dieses Buch gehört raus in die Welt." und die Gespräche über Aufbau und Struktur von Büchern, Zeitdokumenten und den Unterschied zwischen Ost- und Westvergangenheit.

Danke an Dirk Zöllner von *Chicoreé*, dass ich unseren Fan-Briefwechsel veröffentlichen durfte und an Peter Markgraf für *Käfer aufm Blatt.* Danke an *Alina* für ihren wunderbaren Songtext *Die Einzige*, der mich immer noch zutiefst berührt. Danke an den BIT-Musikverlag, dass ich „Sagte mal ein Dichter" abdrucken durfte.

Danke Henry für „Bataillon d' Amour", deine liebevolle Unterstützung während des Schreibens, besonders aber für deine unendliche Geduld, mit der du dir Passagen immer und immer wieder angehört hast, ohne zu Murren.

Ich danke auch meinem Bruder, der in letzter Minute noch viele Dinge anmerkte, die ihm beim kritischen, detailverliebten Lesen auffielen und die ich tatsächlich noch verbessern konnte.

Der größte Dank aber gilt meiner Mutter, deren Bild ich für das Cover wählte und die damit einverstanden war, unseren Briefwechsel vor, während und nach der Wende zu veröffentlichen. Danke, dass du mich in die Welt geschickt hast und mir all dein Vertrauen, deine Liebe, deinen Mut und deine positive Energie mit auf den Weg gegeben hast. „Ich liebe dieses Leben mit all seinen Hol's-der-Teufel und Macht-keinen-Spaß-mehr und Wunderbar und Glücklich-sein und Jeden-Tag-wieder-neu", wie Heinz Kahlau[77] es in einem seiner Gedichte so treffend formulierte, und du hast daran einen großen Anteil.

---

[77] Heinz Kahlau (gest. 2012) war ein ostdeutscher Autor von Lyrik, Prosa und Liedern. Geboren in Greifswald studierte er in Berlin an der Akademie der Künste und galt als Meisterschüler Bertholt Brechts. Er war mehrfach verheiratet, u.a. mit der Schriftstellerin Gisela Steineckert. Meine Mutter brachte mir seine Gedichte nahe, die ich bis heute gern zitiere.

Über die Autorin

Jana Buchholz wird im Dezember 1970 in Crivitz, Kreis Schwerin geboren. Einem unbestätigten Mythos zufolge verdankt sie ihren tschechischen Vornamen nicht etwa der Herkunft ihrer Eltern, sondern deren heimlicher Sympathie für den *Prager Frühling*[78].

Als Kind zieht sie mit ihren „rebellischen" Eltern von der Stadt aufs Land und vom Land wieder in die Stadt. Drei Mal wechselt sie die Schule und nimmt alles mit, was ihr der kleine demokratische Staat bietet: Ferienlager, Arbeitsgemeinschaften, Sport- und Segelverein, Theater-Chor, Musikschule, Pionierrepublik, FDJ-Lager.

Im September 1989 flieht sie als 18-Jährige über Ungarn in den Westen. Der Grund: eine Mischung aus Gelegenheit, Abenteuerlust und Selbstverantwortung. Die damalige Entscheidung für ein selbstbestimmtes Leben und

---

[78] Als „Prager Frühling" wird einerseits der Versuch des tschechischen Volkes verstanden (angeführt von Alexander Dubcek) einen „Sozialismus mit menschlichem Antlitz" zu schaffen, andererseits ist es gleichzeitig die gewaltsame Niederschlagung dieses Versuchs am 21. August 1968 durch einmarschierende Truppen des Warschauer Paktes in Prag. Einige Eltern in der DDR gaben ihren, zwischen 1969 und 1971 geborenen Kindern, aus stillem Protest und Sympathie für das Volk tschechische Vornamen.

die Möglichkeit, sich frei entfalten zu können, prägt sie bis heute.

Sie lebte und arbeitete in Hamburg, Madrid, München und Berlin, bevor es sie nach 30 Jahren zurück in ihre Heimatstadt Schwerin zog. Ihre „Fluchtgeschichte" hatte sie immer im Gepäck. Sie erzählte sie viele Male auf Deutsch, Englisch oder Spanisch und sorgte damit immer wieder für erstaunte Gesichter, offene Münder, viele Fragen aber auch Bewunderung für den Mut, alles hinter sich zu lassen und neu anzufangen.

Ihr Buch „Als ich wiederkam" entstand ganz langsam nach ihrer Rückkehr in die Heimat und ist eine Beschreibung der ersten Zeit in Schwerin, als der Zauber des Anfangs wirkte und alle Sinne geschärft waren.

Zeitfracht Medien GmbH
Ferdinand-Jühlke-Straße 7
99095 Erfurt, Deutschland
produktsicherheit@kolibri360.de